文春文庫

# 毒の鎖

## 非道人別帳［二］

森村誠一



文藝春秋

目次

# 非道人別帳　二　毒の鎖

町奉行所に保管されている刑事関係諸帳簿、たとえば検使罪過之者留帳、同心検使罪過之者留帳、三十日切尋日切過候伺帳、諸訴刻限留帳、御用覚帳、捕者帳、町廻帳等の中に、非道人別帳という帳簿があった。これは奉行所が取り扱った江戸の犯罪の中で特に凶悪であり、あるいはその所業人道を踏み外す不届き至極な者どもの犯罪事実を記録した帳簿である。

この作品は江戸町奉行所に保管されていた非道人別帳に基づいている。

# 鉋《かんな》 肉《にく》

一

「おや、お仙《せん》さん、これからお出かけ」

「はい、今夜は十三夜のお月見でお店が忙しいものですから」

「毎晩たいへんだね」

「仕事ですから。母をよろしく頼みます」

「おさくさんもお仙さんのような親孝行な娘を持って幸せだね」

「それでは行ってまいります」

長屋の木戸で出会った女房連に、お仙と呼ばれた娘は愛想よく挨拶して出かけて行った。

お仙は今年十八の長屋の評判娘である。深川の方の料亭で仲居をしているということである。労咳《ろうがい》病みの母親おさくをお仙の稼ぎで養っている。

労咳、今日の結核は、当時不治の病いとされ、その特効薬とされた朝鮮人参は非常に高価で、お仙は身を粉《こ》にして働いた。

人の忌み嫌う労咳病みを長屋に住まわせる肩身の狭さを、お仙の愛嬌が償《つぐな》った。勤め先の料亭から下げ渡された結構な料理の余り物や、客からもらったという品々を、気前よく長屋のおかみ連中に振り撒いたので、彼女らもお仙母子《おやこ》に対しては親切であった。

長屋を訪れる多数の行商人も、お仙の歓心を買うために、よい品を持ってきたり、大安売りをしたりするので、長屋全体がその余慶に与《あずか》っている。

長屋の男たちはもともとお仙の大ファンである。お仙は長屋のアイドルになっていた。

「お仙さん、気をつけて行きなよ」

ちょうど仕事から帰って来た左官の岩松《いわまつ》が、お仙にまぶしげな目を向けて声をかけた。

「おめえが心配《しんぺえ》することはねえやな。それに今夜は庚申《かのえさる》の夜だ。まさかそんな夜に悪さをしかける者もあるめえよ」

岩松の相棒で仕事仕（仕事師より格上）の時次郎《ときじろう》が言った。

「庚申の夜といっても安心ならねえ。おめえのような野郎がいるからな」

「なんだと。庚申だろうと丙午《ひのえうま》だろうとおかまいなしに、女と見ればつっかけるのはてめえじゃねえか」

「なんだと、女と見ればつっかけるとは、聞き捨てならねえ。てめえの女房なんざあ付け金でも願い下げだぜ」

「この野郎、もう一ぺん言ってみろ」

お仙の後ろ姿を見送りながら時ならぬ喧嘩が生じた。

甲乙丙丁以下十干と十二支を組み合わせて、これを暦の日に当てはめた。干支《えと》の組み合わせによって六十通りの名称の異なる日と年ができる。これを暦に適用すれば同じ名称の日と年は六十日、六十年に一度まわってくることになる。それぞれの干支の組み合わせにさまざまな解釈が生じて、吉日や凶日、忌日が設けられた。

これらの中で庚申は、庚が金の兄であり、申も金で、金気が重複して病いが重なると解釈される。橘 泰《たちばなやすし》の『筆のすさび』には、「甲子《かっし》と庚申《こうしん》とは病人にあたるといい、病い重なるというは、甲子は干支の首《はじめ》にて、気の酷《はなはだ》しき日なり。庚申は干支と共に金気にし、粛殺《しゅくさつ》の気の発生の気を剋《こく》し、害をなす気の旺《おう》ずるゆえという理をもってなり。謂《いわ》れなきにしもあらず」

と記述されており、一年間に六度まわってくる庚申の夜に受胎した子は大泥棒になるという言い伝えがある。

このため江戸の市民は庚申の夜は、夫婦、男女、性の交わりを慎んだ。

医学や科学よりも迷信が信じられた時代である。また当時は男女の交わりは性の快楽よりは、まずは生殖の前提となっていた。

このような民間伝承が次第に大袈裟《おおげさ》になって拡大され、庚申の夜に男女愛欲の心を起こすと地獄へ落ちると信じられるようになる。

庚申の夜には武家も町家も座敷の南方に棚を設け、香を焚《た》き、赤い花を立て、燈明《とうみょう》と飯を供える。夜半に至り七種の菓子を供え、明け方にまた飯を供える。

庚申の夜には眠ってはいけないと信じられ、人々は徹夜して暁の歌という、

「青鬼らや亥《い》の子や申子《さるこ》の我床に寝たれど寝《い》ぬそねたるとぞ寝る」

の文句を七回唱える。

庚申の夜には三尸《さんし》の虫という虫が蠢《うごめ》いて、この夜眠るとその虫が人体から抜け出してその人の罪過を天帝に告げるとか、天から下りてきて腹中に巣くい、病気になるとか言われた。またこの夜徹夜すると三尸の虫を払うとも言われる。この夜に女に乱暴をしかけたりなどすれば、必ず地獄へ落ちると信じられていた。庚申の夜は女が独り歩きしても安全とされた。

岩松と時次郎が庚申の夜だから心配ないと言ったのは、そのような迷信が背景にあったからである。

九月十三日夜は月見の夜でもあった。八月十五夜と九月十三夜がワンセットとなっていて、十五夜の月を見、十三夜の月見を欠くと、片見月と言って禁忌《きんき》になっていた。

江戸っ子は庚申の夜と十三夜が重なったのを喜んだ。月を見ながら徹夜ができるからである。ただし、畳の上に松の影などといっておつな気分になり、男女相交わってはなんにもならない。

秋の月見は芋名月とか栗名月とか呼び、夫婦がこの夜離れ離れにいると、片身月と言って不幸になるという言い伝えがあるので、庚申と片身月の板挟みにあって夫婦は困った。

名月を眺めながら夫婦が二人でいれば、おつな気持ちになってくるのも無理はない。夫婦、恋人が一緒にいないと災《わざわ》いが来ると言いながら、男女の交わりを禁ずるのは酷である。

この夜、江戸の月見の名所に数えられていた洲崎、鉄砲洲、芝浦、高輪《たかなわ》、品川、不忍池《しのばずのいけ》などは徹夜の月見客で賑《にぎわ》った。

もっとも徹夜といってもせいぜい三更《さんこう》（午前零時）までを呼び、子《ね》の刻（午前零時）を過ぎると月見客も大方退いた。

二

「旦那、大変《てえへん》だ」

九月十四日朝、まだ八丁堀組屋敷にいた祖式《そしき》弦一郎の許へ、知らぬ顔の半兵衛が駆け込んで来た。

「朝っぱらから騒々しいねえ。三戸の虫が天から落ちたか、それとも海の中から竜灯が上がったか」

弦一郎は欠伸《あくび》をしながら問うた。

江戸の月見には二十六夜待があり、七月二十六日の夜、海辺に薦《こも》を敷いて念仏、題目を唱えながら月の出を待つと、月の曙のころ海中から竜灯が上がると信じられている。

「そんなんじゃありませんや。木場の石置き場で若え女《わけ》が殺された」

「女が殺されたって」

弦一郎の顔色は動かない。江戸で女殺しはそれほど珍しくはない。

「ただの殺され方じゃねえんで」

「どんな殺され方をしたというんだ」

弦一郎は咄嗟《とっさ》に三十六軒茶屋のおそえが殺された事件（第一巻「女神の焚殺《ふんさつ》」）をおもいだした。おそえは女の秘所を抉《えぐ》られて大川へ浮かんだのである。

「首を絞められ、尻の肉をざっくり抉り取られておりやした」

「尻の肉を抉った。女の尻を抉り取って食いでもしたのかな」

弦一郎はやや顔色を改めた。

「石置き場には茂平次が行っておりやす。旦那にもお出まし願います」

半兵衛に袖を引かれるようにして弦一郎は石置き場へやって来た。時刻が比較的早かったので八丁堀の同心はまだ弦一郎ひとりである。

石置き場は永代寺の西、油堀から分れる枝河の東河岸、伊沢町にあり、元木場町の一角である。昔、石を置いたところから石置き場と通称されている。

西は枝河に面し、南北も堀に囲まれた寂しい一角である。町内西河岸にある雑人《ぞうにん》小屋から三人の雑人が出張《でば》っていた。

江戸はもともと男性都市である。元禄の最盛期にすでに町方人口三十五、六万、これに武家人口がほぼ同じであったから約七十万、武家人口はほとんど男であるので、町方人口の半数が女としてもせいぜい十七万、江戸は絶対的に女不足であった。

吉原の女優位の粋や通と称する奇妙な習慣も、このような絶対的な女不足を背景に生まれたものである。それだけに若い女が殺されたときは奉行所の意気込みもちがう。

弦一郎が到着すると茂平次が早速報告した。

「身許がわかりました。蛤町《はまぐりちよう》行き止まり長屋のお仙という娘だそうです」

被害者は石置き場の一隅に筵《むしろ》をかけられて横たわっていた。早くも物見高い野次馬が群れ集まって来ている。野次馬の一人にお仙の家の近所の者がいて、身許が割れたという。

弦一郎は筵をめくった。苦悶に顔は歪んでいるが、丸ぽちゃの愛らしい造作は、生前の美形を偲《しの》ばせる。首にはまがまがしい蛇の脱け殻のように豆絞りの手拭いが一回《ひとまわ》りしたまま残されている。その手拭いで一巻きして一気に絞め上げたらしく、手拭いに見合う絞めた痕が首筋に深く刻まれている。

筵をさらにめくって下半身を露出した弦一郎は、眉を顰《ひそ》めた。桃のように豊かであったはずの臀部の肉が、右側だけ衣類ごとざっくりと抉り取られている。

だが死んだ後に抉ったと見えて、出血はそれほど見られない。

「抉り取った肉は見つかったか」

弦一郎は半兵衛と茂平次に問うた。

「へえ、この辺《あた》り一帯探しまわったんですがね、見当たりやせん」

「なんのために、女の尻の肉を抉り取ったか。本当に食ったのかな」

弦一郎の目が光ってきた。これまで情痴怨恨の殺しは、おそえ殺しに見られたように、秘所や、胸を斬り取り、尻を抉り取った例はない。

弦一郎は死体を綿密に調べた。殺されて間もないらしく、死体はまだ新しい。絞められ、尻を抉られているが、死体に凌辱は加えられていない模様である。

死体を発見したのは、近所に住む納豆売りである。早朝いきなり死体に出くわして、仰天して雑人《ぞうにん》小屋へ飛び込んだという。凶器となった手拭いには美濃屋と染め出されてある。おそらく表通りの商人が出入りの職人たちに祝儀と一緒に配った品であろう。

「証拠の品をホトケの首に巻きつけたまま残して行くとはとんまな下手人だな」

弦一郎はつぶやいた。

手拭いを仔細に調べた弦一郎の目が、その一隅に固定した。彼の指が手拭いのしわの間からなにかをつまみ取った。

「旦那、なにかありやしたか」

半兵衛と茂平次が視線を集めた。

幅三、四分、長さ約二寸の薄い木の皮のようである。

「これは鉋屑《かんなくず》だな」

「鉋屑。すると大工《でえく》の」

半兵衛と茂平次が目を光らせた。

「手拭いに鉋屑がはさまっていたからといって、大工の手拭いとは限るめえ」

弦一郎が先入観を戒めた。

「おや、袖になにか入っているな」

弦一郎は鉋屑と手拭いを半兵衛に保存させた後、被害者の袖の中からなにかをつかみ出した。小さな紙袋である。袋の中には朝鮮人参が入っていた。

「旦那、これは朝鮮人参じゃありませんか」

茂平次が言った。

「そのようだな」

「朝鮮人参といやあ、大変高価な品で、労咳の特効薬と聞いてます」

「労咳だと。おもいだしやしたよ。人の肉は労咳によく効くそうです。特に若い娘の尻の肉は労咳の特効薬だということです」

半兵衛が言った。

おそえが殺されたとき、秘所を抉り取られていたので、労咳病みの大工の新吉が疑われたことをおもいだしたのである。

「相変わらず女のホトケには鼻がいいな」

そのとき、古参同心の古町《ふるまち》権左衛門が子分の下駄六を引き連れてようやく姿を現した。その顔が一番乗りを奪われた悔しさを露骨に表している。

弦一郎は取り合わずに、これまでの検屍の結果を淡々と告げた。

「そうか。それでは下手人は労咳病みに決まっておる。美濃屋が手拭いを配った先に労咳病みがいれば、そいつが下手人だ」

古権《ふるごん》は自信たっぷりに断定した。

「さすがは旦那、あとから悠々と来ても、下手人を一発で割り出しやしたね」

下駄六が尾を振って追従《ついしょう》した。

「するってえと、おかしなことになりますが」

半兵衛が口をはさんだ。

「おかしなこととはなんだ」

古権がじろりと目を向けた。

「下手人が労咳病みならば、尻の肉を斬り取る前に、どうして袖の中にあった朝鮮人参を持って行かなかったんでしょうかね」

「そ、そ、それは、たぶん気がつかなかったのであろう」

古権は彼の独断の矛盾を衝《つ》かれてへどもどした。弦一郎はにやにやしている。

「とにかくじゃ。ホトケの尻の肉を斬り取ったのは労咳病みにちがいない。労咳病みを探すのが先決じゃ」

古権は反《そ》り身になって言った。

三

検屍の後、お仙が住んでいた蛤町の行き止まり長屋が調べられた。

蛤町は永代寺門前仲町南裏通りであり、以前は海辺新田と言われた地域である。将軍が隅田川へお成りのとき、土地の者が蛤を献上してからこの地名になった。

行き止まり長屋はその名がイメージする通り、狭い路地の両側に九尺二間に切り割った十数軒の棟割り長屋が並んでいる、床の低いじめじめした長屋である。陽当たりも風通しも悪い。別名なめくじ長屋とも呼ばれる。家賃月五百文の最低の長屋である。

こんな居住環境の悪い長屋に、お仙は労咳病みの母親を抱えて住み着いていた。

「そうか、お仙が持っていた朝鮮人参は、母親のためのものだったんだな」

弦一郎はうなずいた。

「でも旦那、こんななめくじ長屋の住人がよく朝鮮人参なんか買えましたね」

茂平次が言った。

「女は売るものを持っているからな」

弦一郎の眼光が深沈たる光を帯びているようである。

「旦那はお仙が体を売って朝鮮人参を買ったとおっしゃるんで」

今度は半兵衛が問うた。

「近所の者の話では、お仙は深川辺りの料亭の仲居をしていたそうだ。とうてい朝鮮人参は仲居の手当てじゃ買えめえ。お仙が通っていたという深川八幡門前の料亭とやらを当たってみろ。面白《おもしれ》えことがわかるかもしれねえよ」

弦一郎と二人の子分のやりとりを、かたわらから古権が耳を澄まして聞いている。古権は早速下駄六に目配せして、

「深川八幡門前の料亭を探れ」

とささやいた。

長屋の女房連の話を総合すると、十三日暮六つ刻《どき》(午後六時)、お仙はいつものように勤め先の店へ出ると言って出かけて行ったそうである。

「お仙は毎晩店へ出かけて行くのかい」

弦一郎が問うた。

「ほとんど毎晩出かけて行きますよ。お店が忙しいときは明け方近く帰って来ることもあります」

羅宇《ラオ》屋の女房が答えた。

「最後の晩に出かけるとき、いつもとなにか変わったような様子はなかったか」

「べつに変わった様子はありませんでしたね。いつものように小綺麗に化粧して、長屋の男衆はお仙さんが帰って来るまでやきもきしていましたよ」

今度は仕立て屋の女房が答えた。

「あんたの亭主がいちばんやきもきしていたんじゃなかったのかい」

駄菓子の行商の女房がちゃちゃを入れた。

「おや、そういうあんたの亭主の方がお仙さんが帰って来るまで眠られず、朝、起きられなかったんじゃなかったのかい」

仕立て屋の女房が負けずに言い返した。

お仙の帰宅はおおむね深更《しんこう》であったが、長屋の関心の的になっていたらしく、いつもだれかが彼女の帰宅を見届けていたようである。

「男に送られて帰って来たことはなかったか」

「そんなことがあれば長屋の野郎たちが黙っていませんよ」

下駄の歯入れ屋の女房が口を開いた。

「最初に黙っていないのがあんたの亭主だろう」

今度は駕籠《かご》かきの女房がからかった。

「送って来たのがあんたの亭主の駕籠だったりしてね」

歯入れ屋の女房が切り返した。

お仙を送って来た外部の男はいなかったらしい。長屋では評判の親孝行娘で、近所の評判は抜群によい。浮いた噂一つなく、近所では身持ちの固い娘とされていた。

「男はいねえ。身持ちは固い。するとどこから朝鮮人参を買う金を手に入れたのかな」

弦一郎の目が宙を睨《にら》んだ。

四

「旦那、門前町から深川一帯の料亭をしらみ潰しに当たりましたが、お仙が勤めていた店はありませんでしたよ」

半兵衛と茂平次が報告してきた。

「やっぱりなかったかい」

弦一郎はうなずいた。あらかじめ予想していたようである。

深川一帯には有名な料亭が多い。洲崎には枡屋（通称望陀欄《ぼうだら》）、大橋には平清《ひらせい》、また八幡境内には伊勢屋、松本の通称二軒茶屋などが有名である。永代八幡の一の鳥居から門前二、三丁にかけて茶屋が群れ集まっている。

以前、寺社の境内や門前町は寺社奉行の管轄であったが、いまは町奉行へ移管されている。

永代八幡社は江戸の川向《かわむこう》にあるので参詣客も少なく、繁盛もしにくいだろうという幕府の配慮から取り締まりが穏やかであったので、いずれの茶屋にも渋皮の剝《む》けた小女《おんな》を数人置いて酒席に侍らせたり、客の求めに応じて売春をさせたりした。

鳥居の内の茶屋が洲崎の茶屋と呼ばれたが、ここにもお仙の痕跡はなかった。

「するってえと、お仙は夜な夜などこへ通《かよ》っていたんでしょうかね」

半兵衛が言った。

「わからねえか。通い枕よ」

「通い枕」

半兵衛と茂平次が顔を見合わせた。

通い枕とは今日で言うコールガールである。月をむくつけき男だけで見てもなんの面白味もない。月見には女がつきもの。特に商人の月見には芸者が欠かせない。月見の夜は芸者不足になり、これを補ったのが素人の若妻や娘が厚化粧しての一夜芸者である。

庚申の夜にどんちゃん騒ぎをする者はいない。女を呼んでもおおかた酌をさせるだけでしんみりと月を見る。お仙もそんな客に呼ばれたらしい。

「お仙は馴染《なじ》みの客を持っていて、通い枕をしていたにちげえねえ。それも金持ちの馴染み客ばかりだろう。そうでなければ労咳の母親を抱えて朝鮮人参は買えねえよ」

「なある。けど旦那、庚申の夜に通い枕を呼んでも仕方がねえでしょう」

茂平次が問うた。その夜男女の交わりは忌まれているのである。

「そうとも限るめえよ。同じ夜が十三夜だ。女っ気もなく手放しで月を見たってつまらねえ。髱《たぼ》（若い女）の酌で月見をすれば、発句《ほっく》の一つもひねり出せらあな」

「あっしもそんな月見をしてみてえもんです。月見にお仙を呼んだ客はどこの野郎でしょうかね」

「唐薬種問屋を当たってみな」

「へ？」

「お仙は懐に朝鮮人参を持っていた。客に呼ばれた帰りじゃあ、薬屋は開いていねえよ。おそらく通い料のかわりに朝鮮人参をもらったんだろう。そんなものを常時持っているやつは、薬屋ぐれえしかいねえよ」

「さすがは旦那だ」

江戸で朝鮮人参を扱う薬種問屋は数が限られている。朝鮮人参は中国、朝鮮の各地で栽培され、労咳の特効薬として長崎を経由して輸入されてくる。輸入量が少なく、極めて高価で、庶民には手が届かない。国内でも信州、石見《いわみ》（島根）、岩代（福島）で栽培されているが、朝鮮産や中国産には及ばない。

薬種問屋は「怨み茸」事件（第一巻収録）のとき捜査に当たっている。すでにルートがついているので調査しやすい。

朝鮮人参は労咳の特効薬とされているほかに、強精剤として好事家《こうずか》の間で珍重されている。

朝鮮人参にも種類があって、朝鮮産、沿海州産、中国東北部産に大別される。また朝鮮人参を商《あきな》う店は、朝鮮人参座に加盟しなければならない。これは朝鮮人参を専売する特権をあたえられた店で、人参座加盟店だけが同品を扱える。

朝鮮人参を取り扱う唐薬種問屋がしらみ潰しに当たられた。人参座総元締めにあたる横田屋六郎右衛門に件《くだん》の人参を見せたところ、朝鮮全羅道《ぜんらどう》産の品で、これを扱っているのは江戸では田所町の唐和薬種問屋鯉屋儀右衛門と判定された。

儀右衛門を問いつめたところ、最初は言を左右にしてとぼけていたが、

「この朝鮮人参はあんたがお仙にやったもんじゃなかったのかい」

と弦一郎に逃《のが》れぬ証拠を突きつけられて、ついに口を割った。

「お仙とは一年越しの仲です。気立てがよく、商売ずれしていないので、月一、二回呼んでおりました。十三日の夜は向島の別宅でお仙を呼んで二人だけでしんみりと十三夜の月見をしたのです。お仙を帰したのは子の刻でした。駕籠を呼んでやると言ったのですが、今夜は安全だからとお仙は辞退して歩いて帰りました。泊まって行くように勧めたのですが、病気の母親が心配だからと言って帰って行ったのです。あのとき無理にでも引き止めるか、駕籠をつけてやれば、あんなことにはならなかったと悔やまれてなりません。母親が労咳を病んでいるので、会う都度、朝鮮人参を土産にやりました。親孝行のお仙はどんなものよりも朝鮮人参を喜びました。お仙が殺されていちばん悲しんでいるのは私です」

儀右衛門は言って涙をこぼした。

「そんなに悲しんでいるのなら、なぜもっと早く名乗り出なかったんだい」

弦一郎は意地悪く追及した。

「私には名前と身分というものがあります。朝鮮人参座に加盟している鯉屋の主が通い枕を呼んでいたと知られては世間体が悪うございます。朝鮮人参座の権利を取り上げられてしまうかもしれません」

鯉屋がお仙の死に流した涙も、しょせんその程度の空涙《そらなみだ》だったのである。

鯉屋儀右衛門の容疑が完全に消えたわけではなかったが、下手人としては鯉屋には無理がある。鯉屋がお仙を殺す意味がない。通い枕を呼んでいた事実が露顕したところで、鯉屋にとって致命的ではない。大商人だけでなく、幕府高官や僧侶の中にも密かに通い枕を呼んでいる者もいる。お仙の馴染み客は、かなり高級だった模様がうかがわれる。

お仙は鯉屋の別宅からの帰途、凶悪な悪魔に襲われたのである。

(どうも解《げ》せねえ)

鯉屋からの帰途、弦一郎は首を傾《かし》げた。下手人の動機がわからないのである。

下手人はお仙の尻の肉を抉り取った。だがお仙を凌辱していない。ということは、殺害の動機が尻の肉にあったことを示すものである。

情痴怨恨の動機から殺害したとすれば、局部や胸部を切害するケースが多い。労咳特効薬として女の肉が目的であったとすれば、なぜ朝鮮人参を手つかずに残して行ったかわからない。

下手人は古町権左衛門が言ったように、お仙が朝鮮人参を持っていたことに気がつかなかったのであろうか。

## 五

鯉屋から帰ると間もなく、凶器の手拭いの調べを担当した茂平次が帰って来た。

「旦那、手拭いの出所がわかりました」

茂平次は報告した。

「あの手拭いは浅草聖天《しようでん》町の歯磨き問屋美濃屋八右衛門が八月の開店記念に千筋ほどつくって出入りの者に配った品だそうです。まだ三百筋ほど残っているそうですから、七百筋の配り先に下手人が潜んでいることになります」

「そうか。それで配った七百筋はわかっているのかい」

「大体わかっておりやす。いま名前を書きださせております」

「そいつはでかした。とりあえず七百筋の配り先の中に労咳病みがいねえか当たってくれ」

「合点《がってん》、承知の助でさあ」

茂平次と半兵衛が猟犬のように飛び出して行った。

だが手拭いの出所が割り出されて間もなく、事件は急展開した。

「旦那、古権が歯磨き売りの居合抜きを挙げやした」

「古権が歯磨き売りをしょっ引いたと」

弦一郎は顔色を改めた。

「へえ、浅草東仲町満願寺長屋の中川市兵衛という浪人ものですがね、労咳病みの女房を抱えていて、浅草寺境内で居合抜きをしながら美濃八の歯磨きを売っております。この中川市兵衛の家の床下から血糊のついた出刃包丁とお仙の肉が出てきました」

「それで市兵衛はなんと言ってるんだ」

「身におぼえのないことだ。だれかがはめたと言っておりやす」

「そいつはまずいな」

弦一郎は唇を嚙んだ。

「包丁と肉が出てきたんでは、言い逃れはききませんね」

「おそらく市兵衛は下手人ではあるめえ。労咳病みの女房のためにお仙の肉を斬り取ったんなら、お仙が持っていた朝鮮人参を手つかずに残すはずがねえ」

「古権は鬼の首でも取ったようにしていやす」

「下手人はどこかで笑っているよ。だが真の下手人を挙げねえことには市兵衛は助からねえな」

「やっぱり下手人はほかにあるんで」

「考えてもみなよ。朝鮮人参は気がつかなかったとしても、下手人がわざわざ手がかりとなるような手拭いを残していくものか」

「ちげえねえ」

茂平次は額を叩いた。

「市兵衛はまがりなりにも武士の成れの果てだ。女を殺すに手拭いで首を絞めるような手は使うめえ。それに尻の肉を抉る刃物を持っていたんなら、なぜその刃物を殺しに使わなかった。絞めて殺してから肉を取るなんて、まるで鶏を潰《つぶ》すようなもんじゃねえか」

「だれかが市兵衛をはめたんで」

「逃れぬ証拠を自分の家の床下に隠しておく馬鹿がいるか。そんな剣呑《けんのん》な代物はとうに始末してらあな」

「真の下手人が、市兵衛の家の床下に持ち込んだとおっしゃるんで」

「そうとしかおもえねえよ」

「それにしてもだれがなんのためにはめたんでしょうかね」

「うん。そいつがわからねえことには、真の下手人の手繰《たぐ》りようがねえな。まずお仙を殺してだれが得をするかだ」

「労咳病みのお袋を抱えて通い枕をしていたお仙なんかを殺したって、だれも得をしねえとおもいやすがね」

「得をする者がいねえとなると、お仙に生きていられては都合の悪い人間ということになる」

「お仙がだれかの弱味を握っていたというんで」

「他人の弱味ならお仙にも握れるよ」

「あの虫も殺さぬような顔をしていながら、だれかの弱味を握ってゆすっていたんでしょうか」

「べつにゆすりたかりを働かなくとも、自分の弱味をつかんでいる人間にいられるということは、かなり鬱陶《うっとう》しいだろうよ」

「だったら、なぜもっと早く口を塞《ふさ》がなかったんで」

「弱味をつかんだのがつい最近のことだったかもしれねえよ」

「つい最近のことてえと」

「わからねえか。お仙は庚申の夜、鯉屋の別宅から帰る途中、だれかの弱味を握ったんだ」

「鯉屋から帰る途中……。旦那、そいつは言えてやすぜ」

「向島からの帰り道、お仙はだれかにとって都合の悪いことを見たか聞いたかした。それで口を塞がれたのかもしれねえ。下手人はその罪を中川市兵衛に着せようとして手拭いを首に巻きつけたまま残したり、尻の肉を斬り取ったりしたんだろう」

「すると下手人は市兵衛を知っている人間ということになりますね」

「市兵衛の周辺に真の下手人が潜んでいるにちげえねえ」

「下手人にとって都合の悪いこととはなんでしょうね」

「一目見られただけでお仙を生かしちゃおけねえこととなると、そんなにはあるめえよ」

弦一郎がにやりと笑った。

「火付け、人殺し、強盗、その現場をお仙が見たんでしょうか」

小さな木造家屋の密集している江戸市街では、いったん火を発すると大火になりやすい。そのために放火は罪質最も重大な犯罪として重刑に処せられる。

放火して炎上すれば火焙《ひあぶ》り、たとえ炎上しなくても引きまわしの上死罪である。放火の上窃盗は引きまわしの上火焙り、放火の教唆は実行者が引きまわしの上死罪、教唆者は火焙りと定められている。

「十三日の夜は火事は出ていねえ。徒党を組んでの強盗も追い剝ぎもねえ。男と女が一緒に寝るだけで地獄へ落ちると言われている庚申の夜に、罪を犯すような太《ふて》え了見のやつはいねえはずだ。だが、そんな言い伝えをてんから信じていねえ人間もいるかもしれねえ。わざわざ庚申の夜を選んで悪いことをするやつは、よほどの極悪人にちげえねえ。そいつをお仙に見られれば、生かしちゃおくめえよ。市兵衛のまわりに急の病いか事故《つまずき》で死んだ者はいねえか当たってみな」

半兵衛と茂平次が気負い立った。

## 六

二人の子分を送り出した後、弦一郎はぶらりと奉行所を出た。彼が出向いた先は、神田竪大工町にある大工木兵衛の家である。

木兵衛は寛永期（一六二四〜四四）からこの地に住み着いている世襲の大工職で、江戸の大工の総元締め格である。厳しいことでは定評のある名人気質の大工で、彼に仕込まれて一本立ちした大工は江戸大工の中でも名門として一際幅《ひときわ》をきかせた。

弦一郎は木兵衛と親しい。

「やあ旦那、旦那がわざわざお運びになるなんて珍しいこって」

ちょうど仕事から帰って来て湯上りに晩酌を楽しんでいた木兵衛が愛想よく迎えた。

「せっかく寛《くつろ》いでいるところを野暮用ですまねえが、ちょいと見てもれえてえものがあってね」

「まあまあ、久し振りだ。一杯《いっぺえ》どうです」

木兵衛は弦一郎に盃を差し出した。

「すまねえな。さすが江戸一の大工だ。いい酒を飲んでるねえ」

「うめえ酒を飲めるのも、旦那方が江戸の町を守ってくださっているからでさあ。忙しい旦那をあまり引き止めてもいけねえ。あっしに見てもれえてえものとはなんなんで」

察しのいい木兵衛が早速水を向けた。

「この鉋屑だが、木兵衛さん、どうだろう、これを削った鉋の主についてどんなことでもいいが、手がかりがわかるめえか」

弦一郎は懐中から懐紙に包んだ例の鉋屑を取り出した。

「鉋屑ねえ、どれどれ」

木兵衛が弦一郎の差し出した鉋屑をつまみ上げた。

指先に視線を据えてしばらく凝視する。弦一郎はかたわらから見守った。

「こいつは平長《ひらちょう》だね」

ややあって木兵衛が言った。

「平長とは」

「鉋には仕事に合わせて平鉋や溝鉋やひっかき鉋などいろいろなのがあるが、これは平鉋の仕上げ用で長台鉋、あっしらは平長と呼んでる鉋で削ったもんですね。台が長くて削られた面がまったく平らになるのではぎ合わせの仕上げに使います。こいつは見事な鉋使いだ」

木兵衛はうなった。

「素人にはわからねえが、そんなに見事な鉋屑かね」

「江戸でこれだけの鉋を使えるやつは、あっしが知っている人間では三、四人しかおりませんね。こいつは熨斗目《のしめ》と言いやしてね、削った面が熨斗目に似ているところからそのように呼ばれます。熨斗目が削れる大工《でえく》は江戸広しといえども、あっしを入れて五本の指で数えられやす」

「木兵衛さん以外の熨斗目を削れる四人の江戸大工をおしえてもらえないかね」

「ようがすよ」

木兵衛から四人の大工が浮かび上がった。

その日夜遅くなって組屋敷へ引き上げていた弦一郎の許へ半兵衛と茂平次が帰って来た。

「なにか嗅ぎつけたようだな」

弦一郎は二人の顔色から察しをつけた。

「へえ、いろいろと面白いことがわかりやした」

「まずそいつを聞こうか」

弦一郎が顎をしゃくった。

「半兵衛さんも茂平次さんもご飯、まだでしょう。用意しておいたわよ」

そこへおこなが二人分の膳を運んで来た。膳の上には二合入りの徳利《とっくり》が一本ずつ乗っている。

「さすがはおこなちゃん、気がきくねえ」

「いい嫁さんになれるよ」

半兵衛と茂平次が相好《そうごう》を崩した。

「私はお嫁になんか行きません」

おこながつんとした。

「嫁に行かねえでどうするつもりだね」

「いつまでも旦那のお屋敷にいるつもりです」

「おやおや、旦那も見込まれたもんですね」

「なんだか私がここにいては悪いような言い方ね」

「いやいや、そんなことは決してありませんよ。あっしたちにしてみれば、おこなちゃんにこの屋敷にいつまでもいてもらいてえ。だが旦那がなんと言うかと思ってね」

「なんとなく、意地の悪い言い方だわ。そんな人にはご飯をあげないから」

おこなはせっかく出した膳を取り下げかけた。二人は慌てて、

「とんでもねえ。おこなちゃん、そいつは殺生《せっしょう》だ。旦那もきっといつまでもおこなちゃんにいてもらいてえとおもっているにちがいねえよ」

「本当」

すねて見せたおこなの顔が輝いた。

そんなやりとりを弦一郎はただにやにや笑いながら見守っている。

二人が満腹したところで、弦一郎は彼らの調べの成果を聞いた。

「市兵衛の家主は同じ町内の山屋勘兵衛、通称山勘という塗り物問屋ですが、その勘兵衛が十三日の夜、月見舟から落ちて死んでいるんでさあ」

「月見舟から落ちたと」

弦一郎の目が底光りした。

「当夜勘兵衛は女房のおさとと番頭の鎌次郎を連れて舟を出して月見に出かけたそうですが、月に浮かれて舟の上で踊りだし、足許を誤って水の中へ落ちたそうです。慌てておさとと鎌次郎が引き上げたのですが、酒を飲んでいきなり冷たい水に入ったものだから、心の臓が発作を起こしていけなくなってしまったそうです」

「月見舟から落ちたんなら、船頭がいただろう」

「それが永代橋の下手の切岸《きりぎし》に舫《もや》って、船頭には祝儀をやって追い払った後、三人で飲んでいたそうです」

「おさとというのはどんな女だ」

「それが滅法《めっぽう》色っぽい年増《としま》でしてね、死んだ勘兵衛とは親子ほどの年の開きがあります」

「番頭はいくつだ」

「四十ということですが、こいつが若作りの苦み走った野郎でね。近所ではおさとと番頭が出来ているんじゃねえかともっぱらの噂です」

「山屋では最近普請をやっちゃあいねえか」

「旦那、よくご存じで。庭の離れを新しく建て替えたばかりです」

「明日一番に山屋の離れの建て替えを請け負った大工がだれだか調べてこい」

弦一郎は命じた。

翌日、弦一郎は半兵衛と茂平次を引き連れて東仲町の満願寺長屋へ出かけて行った。ここもお仙が住んでいた行き止まり長屋と似たり寄ったりの、じめじめした棟割り長屋である。その長屋の一角に中川市兵衛の住居がある。

中川市兵衛は美濃八から仕入れた歯磨きを、上野や浅草の盛り場で居合抜きを見せながら売っていた。

黒染め五ツ所定紋付の衣類に小倉織りの平袴をはいて高股立《たかももだち》を取り白襷《しろだすき》を十字に懸け、一丈（約三メートル）以上の長太刀を腰に差し、右手に白扇を持って一本歯の高足駄を踏んで立ち上がりながら、一丈の居合い太刀の鍔元《つばもと》を握っていまにも抜きそうに身構えてはなかなか抜かず、見物人の興味をつないで歯磨きを売りつけるのである。

時には歯の治療もする。五文の歯磨きをいくら売ったところでたかが知れている。その生活は苦しかった。

ただでさえも苦しいところへ、労咳病みの女房を抱えていたので、月五百文の家賃も滞《とどこお》りがちであった。それも一度に払えないので日掛けにしてもらっている。

市兵衛の妻よしのは、その長屋に寝たきりになっている。夫の市兵衛がお仙殺しの容疑で引っ張られてから、だれも世話をする者もなく、すでに死骸同然になっている。それでなくても忌み嫌われる労咳である。

弦一郎は市兵衛の長屋の障子を開けた。玄関の土間があり左手に三尺四方の流しと竈《へっつい》がある。その奥に四畳半一間の座敷があるが、なんの仕切もないので、そこに寝たきりのよしのの布団が見える。

四畳半の床下に出刃包丁とお仙の肉が隠してあったという。風通しの悪い家の中には病人の臭いが籠っていた。

弦一郎は平然たる表情でよしのの枕元へ進み、

「臥《ふせ》っているところを悪いが、ちょいと聞きてえことがある」

と言った。

弦一郎を迎えたよしのは、床の上に起き上がろうとした。病み衰えてもさすがは武士の妻である。骸骨が寝ているような死期の迫った病人であるが、昔を偲ばせる気品が整った造作に残っている。

「そのままにしていてくれ。手間はとらせねえ」

弦一郎は手をあげて起き上がろうとしたよしのを制した。流しは乾ききっている。食器も使用された形跡のないところから、夫が古権に連行されてから飲まず食わずで寝ていたらしい。

「お見苦しいところをお見せして申し訳ございません。どんなことでございましょうか」

よしのは床の中から問うた。それだけの言葉を発するのも大儀そうである。

「ご亭主が引っ張られる前にだれか訪ねて来た者はあるめえか」

「私がこのような病気ですから、だれも怖がって近寄りません」

「いや、だれかが来たはずだ。それをおもいだしてもらいてえ」

「私はうつらうつら寝ていたものですから、だれかが来ても気がつかなかったとおもいます」

「山屋の者は来なかったかね」

「山屋さん」

よしのの死人同然の表情が少し動いた。

「来たのかい」

「そういえば、番頭の鎌次郎さんが家賃を取り立てにまいられました」

「それはいつのことだね」

「十四日でございます」

「そうか。鎌次郎が家賃の取り立てに来たことはあるかい」

「ございません。これまでは手代の長吉さんか丁稚《でっち》の和助さんが集めに来ました」

「鎌次郎が来たのは初めてか」

「初めてでございます」

「それで家賃はいくらたまっていたのだ」

「先月分と合わせて千文でございます」

「それで家賃を払ったのかい」

「あいにく、主人が仕事に出ておりまして、夫が帰宅してから来てくれるように頼みました」

「それで鎌次郎はご亭主が帰られてから取りに来たかい」

「いいえ、見えませんでした。たぶん今日あたり見えるでしょう」

「様子は大体わかった。心配することはねえ。ご亭主は無実だ。後で医者と滋養になるものを送るから待ってなよ」

弦一郎はよしのに言って、半兵衛と茂平次に目配せした。

市兵衛の家から出た弦一郎は二人の子分に、

「市兵衛は下手人じゃねえよ」

と言った。

「どうしてそのように言い切れるんで」

半兵衛が問い返した。

「十四日はどんな日だ。店の主人が死んだ翌日に、番頭がわずか千文の家賃を取り立てに来るとおもうか。しかもそれ以前は、手代や丁稚任せの家賃取り立てに、葬儀一切を取り仕切らなければならねえはずの番頭が初めて家賃を取り立てに来たんだ。千文の家賃がお目当てでねえことは一目瞭然じゃねえか」

「それでは鎌次郎の野郎がお仙の尻の肉と包丁を市兵衛の床下に突っ込んだので」

「そうに決まってるよ。人をあやめてまで取ってきた肉を床下に突っ込んでおく者がいるものか。すぐに女房に食わせたはずだ。肉はお仙から斬り取ったままだった。よしのは一口も食っちゃあいねえ。十三日の夜以後、肉と包丁が見つかるまで市兵衛の家を訪ねて来た者は鎌次郎一人だけだ。とすれば鎌次郎が肉と包丁を持って来たにちげえねえ。山屋のおさとと鎌次郎ならば、市兵衛の女房が労咳病みだってことを知っているからな。

勘兵衛殺しをお仙に見られて、お仙をあやめ、咄嗟《とっさ》の悪知恵で市兵衛に罪を着せかけようとおもいついたんだ」

「都合よく美濃八の手拭いと包丁を持っていたものですね」

茂平次が口を出した。

「その点がまだわからねえ。そいつは本人たちから聞いてみよう」

七

南茅場町の調べ番屋に呼ばれた山屋おさとと鎌次郎は、初めは頑強に犯行を否認した。

「主人を殺すなんてとんでもないことでございます。もともと主人は心の臓が弱く、十三日の月見も止《や》めた方がよいと忠告したのですが、片見月になるのは験《げん》が悪いと申しまして三人で出かけたのでございます。その夜主人はとても機嫌がよく、私たちの止めるのも聞かずお酒を過ごし、はしゃぎまわっている間に舷《ふなばた》を踏み外して水の中へ落ちてしまったのです。鎌次郎さんが飛び込んで助け上げたのですが、そのときはもういけなくなっていました。お仙などという女は会ったことも、名前を聞いたこともありません。私たちがどうしてそんな見も知らぬ女を殺す必要があるのですか」

おさとと鎌次郎は反対に食ってかかった。

二人の前に弦一郎はおもむろに美濃八の手拭いに包んだ鉋屑を差し出した。二人の面に不審の色が塗られた。

「この鉋屑がね、お仙の首に巻かれていた美濃八の手拭いについていたんだよ」

弦一郎はその意味がわかるかと問うように両人の顔を見た。

「大工木太郎の普請から出た熨斗目がおめえさんらの身体について、お仙の身体にまで運ばれたんだよ」

「それがどうしたというのですか。鉋屑なんてどこにもあります」

鎌次郎が代表して答えた。

「ところがこの鉋屑はただの鉋屑ではねえんだな」

弦一郎の余裕たっぷりの言葉に、二人の顔に不安の影が兆した。

「山屋に最近、多町二丁目の大工木太郎が入ったな」

「へえ、庭の離れの改築に旦那が出入りの木太郎を入れました」

「この鉋屑はな、熨斗目と言って江戸では木太郎ほか四人の大工《でえく》しか削れねえ代物だってよ」

「だったら木太郎が削ったものとは限りませんね」

鎌次郎が先を読んだ。

「ところが木太郎が、この鉋屑はたしかに自分が削ったものだとはっきりと認めたよ」

「なんですって」

二人の顔色が変わった。

「この鉋屑は木太郎が山屋勘兵衛の依頼を受けて木曾からわざわざ取り寄せた檜《ひのき》だそうだ。山屋の離れを改築している当時、木曾の檜を取り寄せた者は五人の大工のうち木太郎一人だそうだ。とすれば、この鉋屑は山屋の離れから運ばれて来たものに決まっているじゃねえか」

「だからといって、私たちが運んだことにはなりません」

おさとと鎌次郎は土俵際で踏ん張っていた。

「とぼけるんじゃねえ。悪《わる》のわりには往生際の悪いやつらだ。お仙が殺されてから市兵衛の長屋の床下からお仙の肉が見つかるまで市兵衛の家へ行った者は鎌次郎、てめえ一人だ。てめえが持って行かなくてだれがお仙の肉を市兵衛の家の床下に突っ込めるんだ。そして見ず知らずのはずのお仙の首に巻きついていた手拭いに山屋の普請場から出た鉋屑がついていたんだぜ。おめえら以外に鉋屑とお仙の肉を運べる人間はいねえじゃねえか」

弦一郎に問いつめられて鎌次郎とおさとは蒼白になったまま言葉を失った。

二人は証拠の品を突きつけられて、ついに白状した。

まずおさとが次のように口を割った。

「鎌次郎とは二年越しの仲でした。鎌次郎と割りない仲になってから主人が鬱陶しくなりました。鎌次郎は私との仲が露見すると獄門になる。どうせ獄門になるくらいなら、主人を殺して山屋を乗っ取り、世間体はおかみさんと番頭という形で一緒に暮らそうじゃないかと持ちかけてきました。私はあまり気が進みませんでしたが、鎌次郎に不義密通が露見すればおかみさんも同罪だと脅かされて、心ならずも鎌次郎の言うがままに従ったのです。たまたま八月十五日が離れの建前《たてまえ》に当たり、月見を兼ねたので、片見の月は災いを招くと主人に言って九月十三日夜、舟の月見へ誘い出しました。永代橋の下流の切岸へ舟を着けて船頭には祝儀をやって追い払いました。二人で主人に酒を勧め、上機嫌になったところを、鎌次郎が主人の首根を捕らえて川の中へ浸しました。力の弱い主人はすぐぐったりしてしまいました。

ところがその場面をたまたま岸を通り合わせたお仙に見られてしまったのです。鎌次郎はお仙を生かしてはおけないと言って追いかけて行きました。それから後どうなったか私はよく知りません。すべては鎌次郎がやったことで、私は鎌次郎の言うがままに従っただけです」

いっぽう鎌次郎は次のように白状した。

「おかみさんとは二年前から、おかみさんに誘われて割りない仲になりました。旦那はもともと心の臓が弱く、おかみさんを満足させられなかったようです。旦那の目を盗んで関係をつづけている間に、おかみさんは二人の仲が露見すれば、おまえは獄門になる。そうなる前に旦那を殺して二人で山屋を切り盛りしようと持ちかけてきました。私はあまり気乗りがしませんでしたが、主人の妻と密通した者は獄門、おかみさんの方は重くてもせいぜい追放だ、獄門になりたくなかったら、私の言うとおりにおし、旦那はもともと心の臓が弱いから、川へ月見に連れ出して突き落とせば旦那の粗忽《そこつ》死ということになってお上のご詮議もないと言われて、しぶしぶ月見に従《つ》いて行ったのです。船頭を追い払ってから言葉巧みに旦那に酒を勧め、いい気分になったところを見計らっておかみさんが旦那を川の中へ突き落としました。

たまたまそのときお仙が切岸の上を通りかかって見られてしまったのです。お仙は前に何度か呼んだことがあるので私の顔をおぼえていました。おかみさんは凄い形相になって、あの女を生かしてはおけない、捕まえて口を閉ざせと言いました。私がお仙を追いかけて捕まえたところへ、おかみさんが追いついて来て、手拭いで首を絞めました。お仙が息絶えた後、店子《たなこ》の中川市兵衛さんに罪を着せるために、お仙の尻の肉を斬り取って、市兵衛さんの家の床下に放り込めと私に命じたのです。包丁は旦那が万一暴れたとき脅かすためにおかみさんが用意してきました。手拭いは船の中にあったものをおかみさんが咄嗟につかんできたのです」

この期に及んでも二人はたがいに罪をなすり合っていた。

おさとと鎌次郎は夫殺し、主殺し、密通、他人殺し、死体の損傷などの罪の併合で二日晒《さら》し、鋸挽《のこぎりび》きの後一日市中引きまわしの上、磔《はりつけ》という極刑に処せられることになった。

## 八

真の下手人が挙がって、中川市兵衛は地獄の一丁目から釈放された。市兵衛の妻とお仙の母親には弦一郎から半ば強制されて藤崎道庵《ふじさきどうあん》が治療に行った。

一件落着した後、半兵衛と茂平次が弦一郎に問うた。

「旦那、おさとと鎌次郎が美濃八の手拭いをあらかじめ用意していたとなると、最初からお仙殺しを目論《もくろ》んでいたことになりますが」

「お仙の首に巻きついていた手拭いに鉋屑がついていたものだから、すっかり騙《だま》されてしまった。あの手拭いに惑わされたよ。美濃八は市兵衛にも手拭いを配っているが、お仙の首に巻きつけられていた手拭いは市兵衛のものじゃねえ」

「市兵衛の手拭いではねえとするとだれの手拭いなんで。美濃八と山屋の間にはなんのつながりもなさそうですが」

下手人が手拭いを市兵衛のものと知っていてこそ、市兵衛を罠にはめる得物として狙えるのである。市兵衛の所有物でないものをお仙の死体に残したところで意味がない。

「あの手拭いは船頭のものだったんだ。美濃八は月見舟の船頭の舟宿にも手拭いを配っていた」

「それではおさとと鎌次郎は手拭いをわざとお仙の身体に残していったわけではねえんで」

「そのとおりだ。さすがの悪もお仙に見られてうろたえていたんだな。お仙をあやめてから、お仙の尻の肉を斬り取って市兵衛に罪をなすりつけることをおもいたった。たまたま同じ手拭いを市兵衛が持っていたので、やつらが描いたとおり市兵衛が疑われたが、手拭いがなかったら、そのうちに市兵衛の家の床下から変な臭いがするとでも言って、お仙の肉が見つかるように仕向けただろうよ」

「たまたま船頭の持っていた手拭いと市兵衛の手拭いが同じ美濃八が配った手拭いだったところから、下手人がわざわざ身許を示すような手がかりを残すはずがねえと旦那に睨まれたわけですが、手拭いがやつらの悪事を暴きだしたと言ってもいいですね」

「そういうことだ。それにしても悪いやつらだ。わざわざ庚申の夜を選んだのも、庚申の夜に主人をあやめるような悪人はいねえというおもい込みを逆手に取ったんだ。庚申の夜に月見舟から落っこっても、まさか突き落とされたとはだれもおもうめえからな。お仙の首に美濃八の手拭いさえ残っていなかったなら、おれもおさとと鎌次郎を疑わなかったかもしれねえよ」

弦一郎は憮然としてつぶやいた。

「庚申の夜に好き心を起こしただけで地獄へ落ちると言われているのに、その夜を選んで主人を殺し女を殺し、その肉を抉り取ったおさとと鎌次郎は、一体《いってえ》どんなところへ落ちるんでしょうね」

半兵衛が問うた。

「地獄の釜の底にはまちがいねえが、釜の底が抜けていて、地獄の限りもねえ奈落へ落ちつづけるのかもしれねえ。お釈迦様のお慈悲の蜘蛛《くも》の糸も届かねえ奈落の底へな」

「でも、女が庚申待すると三尸虫を払うという言い伝えは、まんざら嘘じゃありませんでしたね」

茂平次が言った。それはどういうことだと問いかける弦一郎と半兵衛の顔色に、

「お仙が死んで、その母親と市兵衛の妻女にはいい医者がついたじゃありませんか。もし二人の命が救われれば、お仙は自分の命を犠牲にして母親とよしのを救ったことになります」

と答えた茂平次の言葉に二人はうなずいた。

# 双子石

一

葺屋《ふきや》町の亀乃湯は弦一郎の行きつけの銭湯である。同心の出勤時刻はおおむね五つ（午前八時）であるが、朝寝坊の上に遊軍の弦一郎は、洗顔がわりに湯のたっぷりとある銭湯の朝湯にゆっくり浸ってから出勤する。

朝湯の好きな江戸っ子で亀乃湯は早朝から混んでいるが、女湯は朝の方が空《す》いている。そこを狙って八丁堀同心は女湯に入る。同心の入浴中は留め湯といって、その間、入浴客が来ても入れないようにさせておく。同心の特権である。

柘榴口《ざくろぐち》をくぐって浴槽へ入ると、烟《けむ》った湯気の中にゆらりと白い肢体が動いて、

「旦那、お早いお越しですね」

と艶《なま》めかしい声をかけられた。

「あけまきか」

「おはようございます」

湯気が割れて、婀娜《あだ》っぽい女の顔がほほえんだ。

「あんたの方が早いじゃねえか」

「旦那の顔を見ないと一日が始まらないんですよ。寝坊して旦那の顔を見ないと、一日寝ぼけたような気分になっちまう」

「おれに会うと目が覚めるのかね」

「はい、ぱっちりと。昨夜《ゆうべ》のいやな客のことも忘れてしまいます」

湯が揺れて脂粉の香りが弦一郎の鼻孔をくすぐった。新しい湯の中に抜けるように白い女体がほのかに揺れて見える。

二人だけの湯船の中で、あけまきは大胆になって体を寄せて来た。留め湯にしておいてもあけまきは平気で入ってくる。弦一郎もあえて拒まない。

あけまきは弦一郎の貴重な情報源である。あけまきの話から弦一郎は市井《しせい》の実情を知る。あけまきとの朝の裸のつきあいはここ一年ほどつづいている。情報源として以外にも、あけまきの艶《つや》っぽい肉体を独占して眺められるのは眼福である。

抜けるように色白の小股の切れ上がった肢体は、絵心のない弦一郎でも描き止めておきたいような艶色《えんしょく》を孕《はら》んでいる。生来の美質を職業的に磨き上げた艶で張りのある肉体である。

あけまきもそれを見せつけるために弦一郎の入浴時間を狙って来るのであろう。

「旦那、たまには呼んでくださいな。旦那だったら線香（花代）は立てません」

「そのうちにな」

「いつもそのうちなんですねえ。そのうちに私、お婆さんになっちまう」

あけまきは鼻を鳴らして、また少し湯の中を近づいた。

風呂から上がって、茂平次を引き連れ、さっぱりした気分で奉行所へ出勤した。遊軍の臨時廻りなので適当な時刻を見計らって市中まわりに出かけて行く。

奉行所の月番、日番に関わりなく、同心は毎日市中を四コースに分けて見まわる。

陣場多門が弦一郎の姿を見かけて近寄って来た。

「また通り魔が出たそうです」

多門がささやいた。

「またかい。今度はどこの評判美女がやられたんだね」

「神田小町の筆屋のおこんが踊りの師匠の家からの帰途、顔を斬られましたよ。傷は大したことはねえが、女にとって命の顔を傷つけられて、おこんは死にそうに嘆き悲しんでいます」

「これで四人目だな。評判美女ばかり狙いやがって、一体《いってえ》なんの了見だろう」

弦一郎は吐き捨てるように言った。

江戸八百八町と一口に言うが、正徳三年（一七一三）には代官支配地で町と名のつく地域二百五十九町を町奉行支配に移したので、九百三十三町となった。

享保四年（一七一九）、本所・深川を町奉行支配とし、延享二年（一七四五）には寺社の門前、境内を悉く《ことごと》町奉行支配地に移管した。このため江戸の市域は一挙に拡大されて、千六百七十八町を数えた。

これらの中から繁盛町、有力町、重臣町百町の小町を選び、さらにこの中から神田、日本橋、京橋、築地、湯島、本郷、上野、御徒町《おかちまち》、本所、深川、各地域別に代表小町をえりすぐり、最後に江戸小町を決める。

行司、世話役（選考委員）には瓦版の版元、浮世草子、草双紙の作者、絵師、川柳、狂歌等の作者がなり、勧進元（スポンサー）には地本問屋（草子、絵草紙の出版業者）がなった。

一年に一度、相撲番付形式によって見立番付をつくる。この番付で横綱になった評判美女は生き人形につくられたり芝居になったり、手拭い、双六《すごろく》、読売などに描かれて一躍大スターになる。

この評判美女見立番付の発表が例年十月晦日《みそか》に行なわれる。評判美女には大名の姫君から奥女中、町娘、町女房、芸者、茶屋女、遊女などまで含まれる。

番付発表日が迫ると、横綱、大関の賭けも行なわれて、各候補者の運動も加熱してきた。

この評判美女の中で、深川八幡鳥居茶屋のおつせ、浅草寺境内の時雨《しぐれ》茶屋おさき、柳橋の芸妓おぎん、そして神田小町のおこんと四人の評判美女が通り魔に顔を傷つけられた。

いずれも店や座敷からの帰り道や、稽古事への往来の途上、すれちがいざま、あるいは背後から追い越しざまに剃刀《かみそり》のように鋭利な刃物で斬りつけられた。

十月は神無月《かみなしづき》と言われる。俗にこの月には日本国中の八百万《やおよろず》の神々が出雲国で集会を開き、それぞれの国を留守にするという意味からと伝承されている。

神無月とは醸成月《かもしなりづき》からきたもので、十一月の新嘗祭《にいなめさい》に新しい酒を醸す月とされている。これに神無月という字を当てたのはまちがいであるという説もある。

またこの月は天候が安定して暖かくうららかな日がつづくところから、十月小春あるいは小六月などとも呼ばれる。

「鉋肉《かんなにく》」の事件が落着して、九月の下旬から十月にかけて、江戸にはうららかな日がつづいた。だが安定した天候とは逆に、通り魔が跳梁《ちょうりょう》した。暮六つ刻《どき》（午後六時）から夜更けにかけて独り歩きの女を狙って、すれちがいざま鋭利な刃物で顔を傷つける。女が恐怖と驚愕にすくんでいる間に、夜の闇にまぎれて逃げ去ってしまう。

被害者が恐怖と驚愕で動転したために、下手人は中肉中背の若い男ということ以外にはわからない。いずれも生命には別状ないが、評判美女見立番付の候補者からは下りざるを得ない。候補から転落しただけではなく、花の顔《かんばせ》を傷つけられて、女としてのダメージは救い難い。

まだ被害を受けていない見立番付の候補者は戦々兢々となった。彼女らは、今度は自分がやられる番かもしれぬと家の中に閉じ籠った。やむを得ぬ所用で外出するときは、夜を避け、必ず男にエスコートしてもらうようにした。

だが、おこんは近所の踊りの師匠の家からの帰路だったのでつい油断して、一人で帰るところを被害にあったのである。

幸い傷は浅い。生命に別状はないが、傷跡は残るということである。

「おこんは口もきけません」

多門が言った。

「いまなにを聞いてもわかるめえ。しばらくはそっとしておいた方がいいな」

弦一郎は言った。

おこんは久右衛門町の筆屋十次郎の一人娘である。今年十八歳の評判の美形で、見立番付の横綱候補に挙げられていた。

「見立番付も罪つくりだな。下馬評に上がらなけりゃあ、顔に傷をつけられることもなかっただろうに」

弦一郎がつぶやいた。

「やはり見立番付を狙っているのでしょうか」

「そうとしか考えられねえね。これまで斬られたのはいずれも横綱や大関候補だ」

「一体《いってえ》だれがなんのためにこんなことをしているんでしょうかね」

「きっと女にもてねえ寂しい野郎だろうよ」

「どうせ縁のねえ高嶺《たかね》の花です。見ているだけなら罪はねえが、他人のものになる花ならてめえが引きちぎってやろうとおもいたったんでしょうかね」

「きれいな花を見せつけられてむらむらとする気持ちはわからねえではねえが、女の顔を傷つけるのは許せねえな」

「男の風上にも置けませんね」

「うん。いや、男とは限らねえかもしれねえ」

「女の仕業《しわざ》と言うんですか」

「評判美女の見立番付の横綱になりゃあ、てえしたもんだよ。ただ名前が江戸中に知られるだけじゃねえ。芝居《しばい》になったり錦絵に描かれたり、絵草紙、双六《すごろく》、読売、人形、暖簾《のれん》や羽織にまで染めだされる。女としてこれほど晴れがましいことはあるめえよ」

「すると、見立番付に取り沙汰されている女のだれかがやったというんですか」

「そういうことも考えられるというわけさ。本人以外でも女を担いでいる取り巻きがやっているかもしれねえな」

「それはあり得ますな」

多門が宙をにらんだ。

見立番付の行方《ゆくえ》に大金が賭けられている。自分が賭けた女を横綱、大関にするために手段を選ばぬ連中がいるかもしれない。

候補者が脱落すれば、それだけ的が絞られてくる。本人自身が有名になるだけではなく、その身辺に大金が動く。横綱、大関を抱えた店や家は繁盛し、彼女の絵姿を刷り込んだ関連商品《グッズ》は莫大な利益をもたらす。

評判美女の見立番付はすでに本人たちの意思を超えたところで夥《おびただ》しいおもわくがめぐらされ、巨額の金が動いているのである。

明和（一七六四～七二）のころ、谷中笠森稲荷の水茶屋女おせんは春信の錦絵に描かれて、一躍時代の寵児《ちようじ》となり、森田座で中村松江がおせんの狂言を演じて大当たりを取った。

江戸の手鞠唄にも、「向こう横丁のお稲荷さんへ、一銭あげて、ちゃっと拝んでおせんの茶屋へ、腰をかけたら渋茶を出して、渋茶よこよこ横目で見たら、土の団子かお米の団子か、お団子団子《だあんご》、まずまず一貫貸しまあした。せんそうせん」と子供たちにまで唄われたほどの超人気ぶりであった。

見立番付は庶民の射倖心と結びついて一層加熱している。

「これからは番付候補の評判美女から目を離さねえ方がいいな」

弦一郎が言った。

彼女らは通り魔の容疑者であると同時に、次の被害者になるかもしれない。彼女らの身の安全を保障するためにも、目を離せなくなった。

二

　翌朝、弦一郎はまた亀乃湯へ行った。柘榴口《ざくろぐち》をくぐると、

「旦那、おはようございます」

　あけまきの婀娜《あだ》っぽい声がかけられた。

「相変わらず早《はえ》えな。通り魔は夜出るとは限らねえよ。朝早いうちも人目がねえ。油断しねえ方がいいぞ」

「私なんかを狙う酔狂な通り魔はおりませんよ」

　白い湯気が割れてあけまきが挑むように笑いかけた。

「おれが通り魔なら、あんたをいちばん最初に狙うがね」

「旦那は酔狂なんですよ。私なんかを狙っても一文の得にもなりゃあしない」

「おめえさんだけがそうおもってるんじゃねえのかね。おめえさんは見立番付の横綱候補だ。おめえさんに賭けてる者もずいぶんいるってえじゃねえか」

「あたしはなんにも知りません。まわりの者が騒いでいるだけですよ。あんな番付は泡みたいなもんで、すぐに弾けて飛んでしまいます」

「泡でも弾けるまでは大きく脹《ふく》らむぜ。その大きさに目眩《めくら》まされてたかってくる人間は多い」

「私はいやですよ。泡踊りなんか金輪際《こんりんざい》踊りませんから」

「泡踊りか。うめえことを言うねえ。泡踊りを踊っているご当人は、たいてい踊らされてるということに気がつかねえもんだ」

「旦那、通り魔と泡踊りはなにか関係があるんですか」

「あるかもしれねえな。泡踊りでも大枚の金が賭かっている。金を賭けた我利《がり》がり亡者どもにとっては、真剣勝負だからな」

「いやですねえ。女を比べ合って金を賭けるなんて」

「評判美女にはそれだけの値打ちがあるのさ。あけまきさんもせいぜい気をつけな」

「早く通り魔を捕まえておくんなさい。毎朝旦那に会いに来るのに用心棒を連れて来るようでは艶消《つやけ》しですものね」

あけまきは湯気のかなたから流し目を送った。

あけまきは一足先に湯船から出た。弦一郎がゆっくりと浸って脱衣場へ出て行くと、とうに帰ったとおもっていたあけまきが待っていた。紺地に白を抜いた浴衣《ゆかた》を無雑作にまとった匂うような湯上りのあけまきは、いつもその裸身ばかりを見ていた弦一郎の目に新鮮な衝撃であった。

季節に関わりなく匂い立つ湯上りの裸身を、こざっぱりした紺地の浴衣に包むのは江戸芸者の粋と張りとされている。包んで隠した美しさは、あらわな裸身そのものよりも婉然と迫る蠱惑《こわく》に満ちている。

「なんだ、まだいたのかい」

弦一郎は驚いて言った。

「旦那、まだいたのかとはご挨拶ですね。旦那を待っていたんですよ」

「おれを待っていただって」

「お風呂の中では言い出しかねて。お別れを言いたかったんです」

「別れだって」

「私、明日から亀乃湯へまいりません」

「ほう、内湯を設けたのか」

「内湯は最初からあります」

あけまきの目が怨んだ。

当時の江戸は火災を恐れてかなり豊かな者でも内湯を設けなかった。町内の湯屋へ集まり、そこを社交サロンや情報交換の場所としていたのである。

弦一郎に会うために夜の遅い職業にもかかわらず早起きをして湯屋へ来ていた謎がわからないのかと、あけまきの目は怨んでいる。

「長い道中へでも出るのかい」

「道中といえば、そんなもんかもしれませんわねえ。私、身請けされたんです」

「身請けか、そいつは……」

弦一郎はあとの言葉に迷った。

「いつまで左褄《ひだりづま》取っていても、齢《とし》を取っていくばかりですからね。女はせいぜい高く売れる間に売った方がいいとおもって」

「そいつは寂しくなるなあ」

「江戸の町のどこかでまたひょっこりお会いするかもしれません」

「せいぜい達者でな」

「旦那にこれを差し上げます」

あけまきは弦一郎の手になにかをつかませた。

「なんだね、こりゃあ」

弦一郎はあけまきから渡された小さな物体を掌《てのひら》の上に転がした。緑色に輝く小さな石で、緑の縞《しま》が浮かんでいる。

「私の郷里《くに》の羽後の石で、瑪瑙《めのう》と呼んでいます」

「瑪瑙だって」

「これは瑪瑙の双子石《ふたごいし》と呼ばれる石で、まったく同じ形の石が二つあるんです」

「もう一つはどこにあるんだ」

「私の家に大切にしまってあります。旦那に一つを差し上げたので、これからは片割れをいつも肌身離さず持っていますよ。だから旦那も持っていてくださいな」

「そんな大事なものをおれにくれていいのかい」

「世の中に二つしかない石の一つを旦那が持っていてくれるとおもうと、旦那に会えなくなる寂しさをまぎらせられます」

あけまきはやる瀬なげに弦一郎を見つめた。

弦一郎はあけまきの気持ちがわからぬほどの朴念仁ではない。だが彼にとってはしょせん縁のない花であった。

三

数日後、奉行所の同心詰所へ茂平次が駆け込んで来た。

「旦那、あけまきが通り魔にやられました」

「あけまきって、葺屋町のあけまきか」

「そうです。旦那にほの字の葺屋町のあけまきです」

詰めの間に居合わせた同心たちの目が集まった。

「また、顔を傷つけられたのか」

「それが、今度は心の臓をぐさりと一突《ひとつ》きされて、虫のように殺されてました」

「なんだと」

弦一郎は顔色を改めた。

これまで通り魔は被害者の顔を傷つけるだけで、命を奪ったことはなかった。

「たしかに通り魔の仕業なのか。どこでやられたんだ」

「やられたのは昨夜、四つ刻（午後十時）ころと思われます。あけまきは最近、深川永堀町の材木商花屋喜十郎に囲われて、深川亀久町に住んでおりやしたが、昨日の夜なにか用事があると言って出かけたまま帰って来なかったそうです。死骸《しげえ》は今朝、深川今川町の貯木場の見まわりに見つけられました。ただいま定町の旦那方が死骸《しげえ》を検《あらた》めておりますが、旦那もお出ましお願いします」

あけまきの死骸は深川今川町の貯木場の間に横たわっていた。

この辺りは深川船問屋の扱う江戸の膨大な消費物資が陸揚げされる地域である。江戸港とも呼ばれ、縦横に掘られた堀割りに沿って船問屋の蔵がずらりと建ち並んでいる。また堀割りの各所には江戸へ運ばれて来た夥しい量の原木が浮かんでいる。

今川町は元木場の内で永代橋の東北、仙台堀の南河岸に位置している。以前は本材木町、三十間堀、神田辺の材木問屋の貯木場であったが、元禄十二年（一六九九）に御用地として召し上げられた後、ふたたび町地として下げ渡されたものである。

町とは呼んでも要するに材木問屋の貯木場である。夥しい材木が積み重ねられ、細い通路が材木の間を通っている。

あけまきの死骸を発見したのは、その貯木場の主、深川佐賀町の材木問屋木曾屋伝右衛門の手代左市である。今朝辰の刻（午前八時ごろ）、店の材木置き場を見まわりに来て、あけまきの死骸を発見し、びっくりして町内北方の河岸にある自身番へ届け出たというものである。

弦一郎が現場へ到着したときは、すでに先着していた古町《ふるまち》権左衛門や同僚の陣場多門が検屍をしていた。定町廻りの彼らは巡回中、自身番屋から連絡を受けて駆けつけて来たものであろう。

「傷口は一カ所、背中からぐさりと一突き、心の臓を抉《えぐ》っています。殺されたのは昨夜戌《いぬ》の刻（午後八時から十時）のようです」

多門が手短に死骸の状況を告げた。

昼間でも材木業者や関係者以外はあまり立ち寄らない地域である。夜ともなれば人通りは完全に絶える。左市が見まわりに来なければ、まだ発見されなかったかもしれない。

「背後から追いかけて来て刺したんだな」

古権《ふるごん》が心得顔に言った。

あけまきの死に顔は、少しも損なわれず、生きているように美しい張りを保っている。苦悶はないが、見開かれたままの目がなにかの驚きを伝えようとしているようである。死骸には凌辱された痕跡は見当たらない。懐中には二分ほど入った財布がそのまま残されているところから物盗りの犯行ともおもわれない。

「若え女が夜更け、こんな寂しい場所へなんの用があって来たんだろうな」

弦一郎がつぶやいた。

「おおかた情夫《まぶ》と忍び逢っていたんだろうよ」

古権が言った。

「情夫に誘い出されて、この材木置き場で忍び逢っていたというわけですか」

「そうでもなけりゃ、若い女一人がこんな寂しい場所へ夜更けに来るめえ」

古権が呑み込み顔で言った。

「するってえと、下手人は通り魔じゃありませんね」

「通り魔ではないだと」

古権の表情がはっとしたようである。

「背中の傷口を見ると、刃先が背骨に対して横に内側を向いています。背後から追いつきざま刺したんでは、たいてい刃先が背骨にそって縦に下を向いています。この傷口は後ろから追いかけて突いたのではなく、女と抱き合う形で刃物を逆手に握って抉らなければ、こんな形の傷口にはなりません」

弦一郎に指摘されて古権は、束の間言葉に詰まったが、

「傷口なんてどんな形でもつけられるよ。下手人は通り魔に決まっている。被害者《ホトケ》は見立番付の横綱候補だったじゃねえか」

と切り返した。

弦一郎は古権の反駁に取り合わず、改めて死骸を綿密に調べた。

「おかしいな」

調べ終って小首を傾げた弦一郎に、

「なにかおかしなことがありますか」

と陣場多門が問うた。

「この石だがね」

弦一郎はあけまきからもらった双子石の片割れを懐中から取り出した。

「なんですか、これは」

「あけまきからもらったんだよ。なんでもあけまきの郷里の石で、双子石と言うそうだ。対《つい》の石で、おれにその一つをくれたんだ」

「あけまきが祖式さんにね、お安くねえな」

多門が気をまわした。

「そんなんじゃあねえが、葺屋町の朝湯でよく出会ってな、花喜《はなき》に妾奉公に上がる前に、別れの印《しるし》にと言って双子石の片方をくれたんだよ」

「ますますもってお安くねえじゃありませんか」

多門がにやにやした。

「高いか安いかどちらにしても、あけまきは双子石の片割れを持っているはずだ」

「それがないのですか」

「いつも肌身離さず持っていると言っていたが、見当たらねえよ」

「家に置いてきたんじゃありませんか」

「おれに片割れをくれるまでは、もう一つは家にしまってあると言っていたが、くれた後は肌身につけて持っていると言っていた。せっかくもらったものだから、おれだってこうやって持っているんだぜ」

「あけまきの住居《すまい》を調べて、双子石の片割れがなけりゃあ、下手人が持ち去ったことになるな」

「もしそうだとして、下手人はなんでそんなものに興味を持ったんでしょうかね」

半兵衛が口をはさんだ。

「とにかく、あけまきの住居を当たってみようか」

あけまきの家は深川亀久町にある小綺麗な一軒家で、花屋喜十郎の家作の一軒である。あけまきはこの家に小女と二人だけで住んでいた。時折通って来る花屋喜十郎を迎えるだけの気ままな暮らしであった。

だがあけまきの家の中を床下から天井まで隈なく探しても、双子石の片割れは発見できなかった。

「旦那、たしかに双子石は二つあったのですか」

半兵衛が問うた。

「おれにくれたとき、片割れがあると言っていた。そんな嘘をつく必要もあるめえよ」

「旦那にやったように、片割れをだれかほかの人間にやったんじゃないでしょうかね」

茂平次が口をはさんだ。

「そういうこともあるかもしれねえな。この世に二つしかねえ石をあけまきと一つずつ持っているとおもわせるなんて、さすがは見立番付どおりの評判美女だ」

「旦那が乗せられたってわけで」

「せっかく女がくれた綺麗な石だ。大切に持っていたんだがな」

「おこなちゃんにやったら嬉しがりますよ」

「よせよせ、やめた方がいい。おこなちゃんはきっと怒るぜ」

よけいな差し出口をした茂平次を、半兵衛が止めた。

念のために囲い主の花屋喜十郎に確かめたところ、あけまきがたしかにそのような緑色の石を持っていたことを認めた。だが二つあったかどうか確認はしていないという。

四

あけまきを殺した下手人は、通り魔か通り魔でないかで意見が二つに割れた。古町権左衛門は通り魔にちがいないと主張した。

「あけまきは見立番付の横綱候補だ。通り魔がやったにちげえねえよ。顔を傷つけるつもりが、手許が狂ってあやめてしまったんだ」

それに対して弦一郎は非通り魔説である。

「通り魔はこれまで人をあやめたことはねえ。物を盗ったこともねえ。すれちがいざま顔を傷つけただけだ。だがあけまきを殺した下手人は、明らかに人気のねえ寂しい場所にあけまきを誘い出している。あけまきの顔見知りの者がやったにちげえねえ。顔見知りの者でなけりゃ、あけまきがあんな寂しい材木置き場へおとなしく従《つ》いて行くはずがねえ」

と弦一郎は主張した。

弦一郎はもしこれが通り魔の犯行なら、あけまき殺し以後、通り魔は犯行を止めるだろうとおもった。

見立番付の大関、横綱候補はまだ四、五人残っている。下手人の動機が特定の候補者を横綱にするためであれば、ライバル候補を殺すまでの必要はない。それがうっかり手許が狂って殺してしまったために狼狽しているにちがいない。

「見立番付の横綱、大関候補はあと何人残っているんだ」

弦一郎は半兵衛と茂平次に問うた。

「浅草境内矢取り娘のおよう、同じく浅草楊子《ようじ》店柳屋の娘おさき、平河町の煙草屋乾屋の娘おきぬ、佐賀町の材木問屋木曾屋の娘おそで、本所の御家人橘小平の妹おこの五人です」

半兵衛が答えた。

「佐賀町の木曾屋だと。そいつはあけまきの死骸《しげえ》が見つかった材木置き場の主じゃねえのかい」

弦一郎に言われて半兵衛と茂平次がはっとした。

「旦那、そうです。その木曾屋の娘ですよ」

「見立番付に残っている娘の家の材木置き場にあけまきの死骸《しげえ》が転がっていたってわけか」

弦一郎の目が底光りしてきた。

「するってえと、あけまき殺しに木曾屋は一枚嚙《か》んでいるというわけで」

「早合点しちゃいけねえよ。木曾屋が嚙んでいたら、てめえの材木置き場に死骸《しげえ》を転がすようなことはしねえだろう。だが木曾屋の娘が見立番付に残っているとしたら、木曾屋を見過ごしにすることはできねえな」

「木曾屋を洗ってみますか」

「木曾屋だけじゃねえ。番付に残っている女たちの周辺を全部洗ってみろ」

弦一郎は命じた。

通り魔の犯行としては手口が異なるが、通り魔を無視することはできない。また犯人はなぜあけまきが持っていたはずの双子石を持ち去ったのか。

「旦那、面白《おもしれ》えことがわかりやしたよ」

翌日、半兵衛が報告に来た。なにかを啌《くわ》え込んだ表情をしている。弦一郎が言ってみろと顎をしゃくった。

「花喜と木曾伝は深川でも聞こえた材木商でしてね、ことごとに張り合っている商売仇《がたき》だそうです。花喜があけまきを身請けする前は、木曾伝と激しく張り合っていたそうです。吉原でも通と粋を競い合い、総仕舞や初雪見で競《せ》り合っていたそうです。あけまきが喜十郎に身請けされて、伝右衛門の娘と妾で横綱、大関を独占しようとした狙いは外れましたが、それだけに花喜の妾になったあけまきには娘のおそでを負けさせられなくなったということです」

「商売仇、恋仇、その上に娘の面目までがかかっているというわけだな」

「そういうことです」

「だったら、あけまきを殺せば木曾屋へ疑いが向くことはわかっているじゃねえか。わかっていながら、どうしてあけまきの死骸《しげえ》を木曾屋の材木置き場に転がしたんだ」

「さあ、そこのところはまだわかりやせん」

「江戸で一、二を争う材木問屋が、娘を見立番付の横綱にするために競争相手を傷つけたりあやめたりするとはおもえねえ。こいつはだれかが木曾屋に疑いを向けようとして仕組んだものかもしれねえな。当分の間、おそでも含めて番付に残っている五人の女から目を離すな」

弦一郎は命じた。

翌日非番で八丁堀の組屋敷にいた弦一郎の許へ茂平次が駆け込んで来た。

「旦那、古権が木曾屋の手代を挙げやしたぜ」

「なんだと」

組屋敷の座敷で肘枕《ひじまくら》をしながらうつらうつらしていた弦一郎は、上体を起こした。

「古権が木曾屋の手代左市をしょっぴきました。あけまきの死骸《しげえ》を見つけた手代ですよ」

「木曾屋の手代があけまきをやったというのかい」

さすがに弦一郎も驚きの色を隠せない。

「古権がいま三四《さんし》（材木町三、四丁目）の大番屋へ引っ張って締め上げています」

「左市がやったという証拠でもあったのか」

「左市の独り合点で、主人に忠義立てしておそでを横綱に押し上げるために、競争相手を傷つけたり、商売仇でもある花喜の妾をあやめたりしたということでさあ」

「左市は白状したのか」

「身におぼえのないことだと言い張っておりやす」

「左市は下手人じゃねえよ。木曾屋の人間だったらあけまきを殺したりすれば、主人に疑いを招くということぐらい百も承知のはずだ」

「あっしもそうおもうんですがね。古権は自信たっぷりですぜ」

「真の下手人を捕まえねえことには、左市の疑いを晴らしてやれねえな」

「旦那、なんとかしてやっておくんなせえよ。このままじゃ左市が古権に責め殺されてしまいまさあ」

茂平次は気が気ではないようである。

だが左市の疑いはその夜のうちに晴れた。今度は半兵衛が注進して来た。

「旦那、また通り魔が出やした」

「今度はだれがやられたんだ」

「木曾屋のおそでです」

「なんだと」

弦一郎は驚いた。

あけまき殺しが通り魔の仕業であれば、新たな犯行は起きないだろうと読んでいた。だがふたたび通り魔が跳梁したとなると、通り魔とあけまき殺しは別人の仕業であるかもしれない。

古権はあけまき殺しが通り魔の仕業と終始主張していた。だが三四の大番屋に引っ張られて古権から責められていた左市にはおそでを襲うことはできない。いまで言うアリバイが成立したのである。

「それで、おそではどうなった。命に別状ねえか」

最初の驚きを鎮めた弦一郎は問うた。

「命に別状はありやせん。ほかの評判美女と同じように、顔をざっくりと斬りつけられて、痛い痛いと泣いていますよ」

「いつ、どこでやられたんだ」

「今日の八つ半（午後三時）、森下町のお茶の師匠の家からの帰り道、御籾蔵《おもみぐら》の裏手で町人体《てい》の若い男にいきなり斬りつけられたそうです」

「おそでは一人だったのか」

「いつもは左市が供をしているそうですが、左市が古権にしょっぴかれたもんで、今日は丁稚《でっち》の和助が従いていたそうです。昼間だったのでまさかとおもって油断していたところを、やられたんですね」

「おそでと和助は通り魔の顔を見たのか」

「それが咄嗟《とっさ》の出来事で、なんにもおぼえていねえそうで。和助はびっくりして救いを求めやしたが、あいにく人通りもなく逃げられてしまったそうです」

御籾蔵は新大橋の東詰めにあり、南北五十間、東西八十間余の地域に御上御用の土蔵が十一棟建ち並んでいる。南側は深川元町と向かい合い多少の人通りはあるが、東側は蔵の裏手に当たり、六間堀に面して昼でも寂しい地域である。

あけまき殺しと通り魔が別人の犯行となれば、左市にかけられた容疑は依然として晴れないことになる。

「左市とあけまきとの間にはなんの関わりもありません。おそでを横綱にするために左市があけまきを殺したとしても、左市が通り魔でなければ、あけまき一人を殺してもなんの意味もありませんよ。左市は下手人じゃねえ。左市を責めている間にまた次の評判美女が狙われますぜ」

弦一郎が口を添えたので、さすがの古権もしぶしぶ左市を釈放した。

おそでは顔に傷つけられた衝撃と恐怖で口もきけない状態になっているので、弦一郎は丁稚の和助に会った。

「おめえは通り魔を見ているはずだ。どんなことでもいいからおぼえていることを言ってみな」

弦一郎は言った。

和助はこの春、主人の伝右衛門の郷里である木曾から江戸へ出て来たばかりの十二歳の少年である。主人の娘の供をしながら、彼女を守れなかった責任を感じて打ちひしがれていた。弦一郎がなにを聞いても満足に答えられない。

「おめえのせいじゃねえよ。だれが従いていても防げなかったかもしれねえ。最初から狙っていたんだ」

弦一郎は打ちのめされている和助を慰めた。しいて責任を問うなら、昼間だからと安心してぽっと出の子供を娘の供につけた伝右衛門が悪い。

「お役人様。咄嗟のことでなんにもおぼえていませんが、拾ったものがあります」

和助がおずおずと口を開いた。

「拾ったものだって。なにを拾ったんだ」

「御籾蔵の裏へさしかかったとき、向こうから若い男が歩いて来て、お嬢さんとすれちがいざま、お嬢さんが悲鳴を上げて倒れました。びっくりして駆けつけるとお嬢さんの顔から血が噴き出ていて、どうしていいかわかりませんでした。その間にお嬢さんに斬りつけた男は御籾蔵の角を曲がって見えなくなっていました。私が声を上げて救いを求めている間に、ようやく通りかかった人が駆けつけて来てくれました。そのときお嬢さんが倒れた往来にこんな石が落ちていたのです」

和助は懐《ふところ》を探って一個の緑色の石を差し出した。弦一郎は顔色を改めた。弦一郎は和助の手から石を受け取ると鼻先に押し当てた。

「旦那、どうかしたんですかい」

茂平次が問うた。

「石になにか妙なにおいが沁《し》みついているようなんだ」

「そう言われてみれば、なにか甘酸っぱいようなにおいがしやすね」

茂平次と半兵衛が鼻をくんくんさせた。和助にはそのような体臭はない。石を落とした通り魔の体臭が沁みついたのかもしれない。

「この石が通り魔の逃げた後に落ちていたというのかい」

「へえ」

「その前から往来に落ちていたということはねえか」

「白く乾いた往来に緑色の石が落ちていたので気がついたのです。通り魔とすれちがうまではそんな石は落ちていなかったとおもいます」

「助けに駆けつけてくれた人間が落としたとはおもわねえか」

「いいえ。人が駆けつけて来る前に見つけたんです」

「その野郎にもう一度会ったらわかるかい」

「会ってみないとわかりません」

和助が拾ったという石は、あけまきが持っていたはずの双子石の片割れであった。

弦一郎は懐中からもう一方の双子石を取り出して、和助が拾った双子石と比べてみた。たしかに一対をなす双子石である。天下に二対とない双子石がふたたび対をなした。

ということは、あけまきをあやめた下手人があけまきから双子石を奪い取り、おそでを襲った際に、それを現場に落としたことを示している。あけまき殺しとおそでを襲った通り魔は同一人物である。

弦一郎はそのことの意味を考えた。彼は半兵衛と茂平次を呼び寄せた。

「あけまきの身辺と番付に残ったおよう、おさき、おきぬ、おこのの身辺に、あけまきと同郷の者がいねえか調べてくれ」

「あけまきと同郷といいやすと」

「あけまきは羽後の生まれと聞いている。五人の評判女のまわりに羽後の生まれの者、あるいはその近くから出て来た者がいねえか洗ってみてくれ」

あけまきを殺した下手人は、彼女が双子石を持っていたことを知っていた様子がうかがわれる。下手人はあけまきの懐中にあった二分ほどの現金には目もくれず、双子石だけを奪い去った模様である。

双子石があけまきの郷里の貴重な産石であることを知っている者は、同郷の者である公算が大きい。

## 五

二日後、半兵衛と茂平次が帰って来た。

「旦那、おこのの兄橘小平の賭場に入り浸っている源助という野郎が羽後から来ておりやす」

「源助か。どんな野郎だ」

「本所の御家人の賭場を転々としている野郎ですがね。そいつが橘小平と仲がよく、小平の家を巣のようにしております」

御家人とは将軍に目通りを許されない直参下級武士である。平和時の武士には仕事がない。小普請組という非役に入れられて、おおむね川向《かわむこう》の本所へ追っ払われた。現役ではないので当然役料（職務手当）はつかず、家禄（基本給）だけで生活していかなければならない。小普請組から御番入り（現役入り）することはまずあり得ない。

結局なにもすることがないまま、暇を持て余し、武士の誇りを失って堕落していく。川向の本所には特に悪《わる》の御家人が多かった。就職のあてもなく、安い俸禄のあてがい扶持で武士の誇りだけをぶら下げて、江戸の川向へ追い払われ、しかも堀一つ隔てた深川には江戸の豪商どもが、これ見よがしの豪奢な生活を競っている。

彼らは火事の都度、堀割りに材木を浮かしておくだけで莫大な利益を得た。また江戸港にずらりと建ち並んだ倉庫には、米、塩、酒、薪、炭など江戸の消費を賄《まかな》う必需品を満たして売り惜しみ、値段をつり上げ、ぼろ儲けをした。堀一筋隔てて御家人が食うや食わずの暮らしをしているかたわらで、深川の豪商どもは酒池肉林を築き、贅沢、淫蕩三昧《ざんまい》の生活を恣《ほしいまま》にしていたのである。

御家人は自宅を賭場にして寺銭を巻き上げるのはごく当たり前、ゆすり、たかり、盗み、中には女を置いて女郎屋の真似をする者もいた。御家人の家はまがりなりにも武士であるので、奉行所の管轄外であるのをよいことに、悪事を恣にしていた。

橘小平は三十俵二人扶持、一代限りのお抱え席である。この点、与力同心と同じ身分である。家督の相続は許されない。親が死んで子が代わる場合は相続ではなく、新規召し抱えの手つづきを取る。

このような保障のない身分が自暴自棄に陥っていくのは必至の成り行きである。

橘小平は本所の御家人の中でも一際の悪として知られていた。だが小平の妹おこのは本所小町の美人で、おこの目当てに小平の賭場に集まって来る者が多い。小平はおこのを看板娘にして、客寄せに使っていた。そのこと自体は責められるべきものではない。見立番付に上るような評判美女は、どこでも看板として利用されていたからである。

だが小平ほどの悪がおこのをただ看板として使うだけで満足していたとはおもわれない。おこのが見立番付の横綱になれば、大金が入る。おこのを横綱に残そうとして悪心を起こしたかもしれない。

「よし、源助から当分目を離すな」

弦一郎はようやく網の先にしっかりした手応えを感じていた。

三十俵二人扶持、非役の御家人であるが、痩《や》せても枯れても幕府の直参である。奉行所同心は手出しできない。そのために御家人の家が悪の巣窟となったのであるが、弦一郎は源助が橘小平の家から出て来るまで辛抱強く待った。

源助は本所割り下水辺の御家人の家を塒《ねぐら》にして博奕《ばくち》三昧に暮らしているらしい。そこでは毎晩のように賭場が開かれても、絶対に奉行所の手は入らない。だが御家人の家から一歩外へ出れば奉行所の支配である。

小平の家は本所南割り下水にあった。御竹蔵の東から東に約八丁、長崎橋の南で横川に合流する幅九尺の堀割りが南割り下水である。小平の家は竹蔵と横川のちょうど中間に位置している。

十月末日の夜更け、張り込まれているとも知らず、小平の家から源助が出て来た。数日賭場に居つづけて、外の空気が吸いたくなったのであろう。

堀割りに沿って粗木の二本の丸柱、左右に木戸をつけ、門の左右に生け垣を設けた同じような御家人の家が建ち並んでいる。

これらの御家人の家の台所はいずれも賭場になっている。源助はこれらの賭場から賭場へ転々としながら過ごしているのである。

堀割りに沿ってふらふらとあてどもなく歩いている源助の前に、弦一郎がぬっと立った。源助がぎょっとして立ち止まった。

「源助だな」

弦一郎が声をかけた。

「て、てめえはだれだ」

源助が立ち直って問い返した。

「奉行所の者だ。ちょっと聞きてえことがある」

弦一郎の言葉を聞くや否や、源助は身を翻《ひるがえ》して逃げ出した。だが退路もすでに半兵衛と茂平次によって塞がれていた。

「なにしやがるんでえ。奉行所に呼ばれるようなおぼえはなにもねえぞ」

源助はわめいた。

「おぼえのねえはずの者が、なぜ逃げ出した」

「驚いただけだよ。暗闇の中からいきなり出て来たんで驚いたんだ」

「おぼこの独り歩きじゃあるめえし、てめえのようなすれっからしが、殊勝なことを言うじゃねえか」

弦一郎が鼻先でせせら笑った。源助はその場から茅場町の大番屋へ引っ立てられた。

大番屋へ連行された源助は、初めの間は知らぬ存ぜぬを通した。

「とぼけるのもいいかげんにしなよ。この石に見おぼえがあるだろう」

弦一郎は和助が拾った双子石の片割れを源助の前に差し出した。源助の目がぎょっとなった。

「どうやら心当たりがありそうだな。これは葺屋町のあけまきが持っていた双子石だ」

「し、知らねえ。そんな石は見たこともねえ」

「そうか」

弦一郎はかたわらの半兵衛に顎をしゃくった。半兵衛が木曾屋の丁稚和助を連れて来た。

「どうだ、和助、この男に見おぼえはねえか」

弦一郎は和助に言った。

「この男です。この男がお嬢さんに斬りつけて、緑の石を落として行ったのです」

和助は源助を指さして言った。

「なにをわけのわからねえことを言ってるんだ。おれにはおぼえはねえ」

源助が蒼白になって言った。

「源助、てめえがあけまきをあやめたんだ。そうでなければ、あけまきが持っていたはずの双子石をおそでに斬りつけた現場に残して行けるはずがねえ。いいかげんに白状したらどうだ。悪党なら悪党らしく往生際をはっきりしろい」

弦一郎に決めつけられて源助はがっくりとうなだれた。

源助は白状した。

「橘小平に頼まれて、見立番付の横綱、大関候補の女の顔を傷つけました。小平の妹おこのが横綱になると、多額の賭け金が入ることになっていたのです。あけまきとは郷里《くに》が同じで幼馴染みでした。十三歳のとき、あけまきは芸者の仕込みっ子に、私は丁稚奉公に江戸へ出て来ました。芸者の年季はだいたい十年が相場で、一年お礼奉公をします。仕込みから半玉、一本になって間もなく旦那がついて身請けされる場合が多いのですが、あけまきと私は年季が明けたら所帯を持つ約束をしていました。その誓いの証《あかし》に郷里の双子石を一つずつ持っていて、夫婦になったとき対に戻そうと約束したのです。十八になったとき、手代が店の金をくすねて、私が罪を着せられてしまいました。それからぐれだして本所の御家人の賭場を渡り歩いていたときに、橘小平から見立番付の評判美女斬りを持ちかけられたのです。たまたまそのときあけまきも横綱候補に挙げられていたので、あけまきを横綱にしたいとおもった私は、小平が持ちかけた話を引き受けました。ところが肝心のあけまきは私との約束を反古《ほご》にして花喜の妾になってしまいました。怒った私はあけまきを呼び出してなじりました。あけまきはせせら笑って、『源さんも純情だわねえ。そんな何年も前の子供のころの古ぼけた約束をまだおぼえていたのかい。私は郷里のことは忘れたい。いや、忘れてしまったのさ。江戸で私はべつの人間に生まれ変わったんだ。だからもう私につきまとわないでおくれな』と言いました。かっとなった私はあけまきを抱き寄せるようにして背中を刺していました。あけまきは悲鳴を上げる間もなく事切れました。いまにして、あけまきは郷里のすべてを憎んでいたのだとおもいます。だから私からも離れて花喜の妾になったのです」

## 六

源助が白状して一件落着した。だが半兵衛と茂平次はまだ釈然としない表情をしている。

「旦那、和助はおその顔を斬った下手人をほとんどおぼえていねえのに、どうして源助を一目《ひとめ》見て下手人とわかったんでしょうかね」

まず半兵衛が疑問を口に出した。

「においだよ」

「におい？」

「双子石に妙なにおいが沁みついていただろう。源助は腋臭《わきが》の持ち主だったんだ。近くへ寄らねえとわからねえほどの腋臭だが、そのにおいが双子石に沁みついたんだな。和助は鼻がいい。咄嗟に嗅いだ下手人のにおいをおぼえていて、源助に再会したときそのにおいをおもいだしたんだよ」

「そういうことだったんですか。においとは気がつかなかったな」

半兵衛が納得した。

「もう一つわからねえことがあるんですが、源助はあけまきから双子石を奪っちゃいません。それなのにどうして双子石の片割れを持っていたんでしょうかねえ」

茂平次が口を出した。

「双子石にはおれもすっかり騙されたよ。あけまきからこの世に二つしかねえ双子石の一つだという触れ込みでその片割れをもらったとき、あけまきが持っているはずの双子石を確かめたわけじゃなかった。あけまきの言葉を鵜《う》呑《の》みにしただけよ。あけまきは郷里のものすべてを憎んでいたそうだ。花喜に身請けされる前に郷里のものはすべて処分するつもりでおれに双子石の片割れをくれたんだろうよ。おれに気があったわけじゃねえんだ。まあ石の体《てい》のいい捨て場にされたってわけだ。源助は郷里から出て来るとき、双子石をあけまきと分け合って、将来の約束の証にしたんだな。肌身離さず後生大事に持っていたので、身体のにおいが石に沁みついたんだ」

「それを聞いて安心しやした」

半兵衛が言った。

「なにを安心したんだね」

弦一郎が問い返すと、

「この世に二つしかねえ双子石を旦那とあけまきが一つずつ持っているなんて出来すぎた話です。いくらなんでも旦那がもてすぎらあな。あけまきと源助が一つずつ持っていた石を、あけまきが花喜へ妾奉公へ上がる前に旦那へまわしたというわけだ。転石コケを生ぜずと言いますが、転石が旦那を虚仮《こけ》にしたんですね」

「それは洒落《しゃれ》のつもりか」

弦一郎は苦笑しながら、その話を聞いておこなも安心するだろうとおもった。

# 虫の歯ぎしり

# 一

「あんた、このままでは年の瀬が越せないよ」

女房のおきんが言った。

「なんとかなるだろう」

亭主の松吉には台所を預かっているおきんほど危機感が迫っていない。

「なんともなるはずがないじゃないの。このままでは親子三人、一家心中しなければならなくなるよ」

「なんとかするよ」

「なんとかするって、口先ばかりでなにもしないじゃないのさ」

「うるせえな。金は天下のまわりものだ。そのうちにまた芽が吹かあな」

「まわりものの金が、あたしたちのところにはいっこうにまわって来ないじゃないのさ。いっそ吉原に身売りしようかな」

「おい、冗談じゃねえぞ。女房を売って、男一匹、どの面下《つらさ》げて生きて行けるかよ」

「あたしは本気だよ。このままでは首をくくる前に親子三人、飢え死にしちまうよ」

夫婦の諍《いさかい》の気配に、生まれて間もない音松が目を覚まして泣き出した。

「ほれみろ。おめえがぎゃあぎゃあわめくから、せっかく寝ていた音松が目を覚ましちまったじゃねえか」

「なに言ってんのよ。あたしのせいじゃないよ。おなかが空《す》いて目を覚ましたんだ。このごろはろくなものを食べないからお乳の出が悪いんだよ」

おきんは音松を抱き上げて乳房を含ませた。

松吉とおきんは棒手振り《ぼてふ》（行商）から始めて、夫婦二人で骨惜しみなく働いたおかげで、表通りに間口九尺の小さな小間物屋を開くことができた。商売は順調で、馴染《なじ》み客もついた。

夫婦は張り切ってこれからという矢先に、江戸名物のもらい火をして、元の木阿弥《もくあみ》になってしまった。

「もともと裸一貫から始めたお店じゃないか。もう一度、一からやり直そうよ」

おきんは松吉を励ましたが、彼は完全に無気力に陥ってしまった。新たな仕事を探すでもなく、ようやく転がり込んだ九尺二間の棟割り長屋に一日中ごろごろしている。

折悪《おりあ》しく火事の少し前に、夫婦の間に初めての子供音松が生まれていた。

度重《たびかさ》なる大火で、江戸の物価は高騰し、悦に入っているのは材木商や大工だけである。

彼らは買い占めた材木を木場に浮かべておくだけで、材木の値段はうなぎ登りに昇った。材木につられて諸物価も高騰する。

悪徳商人が金を儲けるために放火をしたという噂もある。火事で浮かび上がる者もあれば、零落する者もある。

江戸の花は江戸市民の貧富の差を拡大した。落ちて行く者は急斜面を転がる玉のように加速をつける。

物価高の江戸で、職を失えば、その暮らしの困窮ぶりは言語に絶する。

だが見栄っ張りで楽天家の江戸っ子は、それをあまり苦にしない。食うや食わずの暮らしの中で、粋と張りの痩せ我慢を張る。

独り者ならそれでもよいが、女房、子供はたまったものではない。

このままでは本当に一家心中の手前まで追いつめられたところで、近所で岡場所の女を相手に中条流（堕胎医）を開いているくれという老女が耳寄りな話を持ってきた。

「どうだろうね、本石町《ほんごくちょう》の駿河屋で乳母《うば》を探しているんだよ。母親がね、赤ん坊を産んだ後、産後の肥立《ひだ》ちが悪くて死んじまったんだよ。半季（半年）の奉公で二両出すと言うんだよ。そのほかに三度三度のご飯と、お仕着せもお手当てしてくださるそうだ」

おくれは誘いをかけた。駿河屋といえば江戸で名うての茶問屋である。公儀御用達でもある。

「おくれさん、その話は本当かね」

おきんはびっくりした。

女中の年俸が待遇のよいところで二両と言われた時代である。当時の乳母奉公には抱き乳母と乳乳母《ちうば》の二種類があった。

抱き乳母は現在のベビーシッターに当たり、子守りである。

乳乳母は母乳の出ない母親や、生別、死別した母親になり代わって乳児に母乳をあたえる役である。

乳乳母の雇い主は乳児に質のよい母乳を飲ませたいので乳乳母に栄養価の高いものを摂《と》らせる。同じ奉公でも、抱き乳母や女中と異なって、待遇が格段によい。

「おくれさん、その話いただくよ。早速先方に引き合わせておくれな」

おきんは一も二もなく飛びついた。

「音松さんはどうするね」

おくれがおきんの顔色を探った。

おきんが乳乳母奉公に上がれば、音松は母親の乳房を失うことになる。乳乳母の資格は母乳が出るということである。

それは乳乳母本人に母乳を必要とする乳幼児がいることを意味している。乳乳母奉公は我が子の犠牲の上に成り立つ。

「音松は、もらい乳や重湯《おもゆ》でなんとかしのげるよ。このままでは年の瀬が越せないよ。大晦日《おおみそか》の親子心中よりはましさね」

おきんは言った。

「本当にいいんだね。あとで怨まれるのはいやだから、松吉さんの同意も取っておくれよ」

おくれは念を押した。

「それでは先方に話を伝えるけれど、松吉さんとは相対《あいたい》ずく（相談の上）にさっしゃるがよい」

とおくれは言った。

おきんはおくれの口利《くちき》きで乳乳母奉公に上がった。

まず半季という約束であったが、子供が乳離れしないので、さらに半季の延長になった。

おきんの奉公のおかげで窮地を切り抜けられたが、その間、松吉は音松の乳をもらいに走りまわらなければならなかった。

母乳を失った音松は、人工栄養で育てなければならない。

今日なら母乳よりも栄養のバランスのよい粉ミルクが簡単に入手できるが、江戸時代の人工授乳は重湯を漉《こ》して、滑飴《しるあめ》という水飴を加える。これを地黄煎《じおうせん》と呼び、これを加熱した後、適温に冷《さ》まして土瓶の口に洗い晒《ざら》しの布を巻いて乳首に似せ、乳児に飲ませる。

だが地黄煎だけでは栄養が不充分で、音松は次第に痩せてきた。栄養不足を補うために松吉は音松を抱いては乳児のいる家を走りまわり、もらい乳をした。

先方もただでは乳をくれない。乳をもらう代わりに雑用を手伝ったり、走り使いをしたりした。松吉と音松父子にとって辛い一年であった。

女房を乳乳母奉公に出して、我が子の乳もらいに走りまわっている。乳をもらう相手からは馬鹿にされる。

おきんが吉原に身売りしようかと言ったとき、松吉は女房を売っては男が立たねえと大見得を切ったが、おきんを乳乳母奉公に出したことは、女房と同時に音松の乳を売ったことを意味していた。

松吉はその屈辱を骨身に刻《きざ》んだ。奉公が明けて、おきんが帰って来たら、以前にも増して働いて、また店を持とう。松吉はこの一年の間に立ち直っていた。

とうとうおきんの年季の明けるときが来た。先方は江戸の大店《おおだな》である。約束の手当のほかにいろいろな心付けをくれるにちがいない。音松もとうに乳離れしている。

「音松、明日はおっかあに会えるぞ。おめえが大きくなったので、おっかあ、きっとびっくりするだろう」

松吉はようやくよちよち歩きを始めた音松に言った。

松吉が必死にもらい乳に走りまわったおかげで、音松は病気一つすることなく、すくすくと育った。

こんな音松を見たら、おきんはさぞ喜ぶだろう。明日の夜はおきんの好物をつくって迎えてやろう。久し振りに親子三人の夕食が摂れるとおもうと、松吉の胸は弾んだ。

当時、年季奉公の明ける日は、雇い主がささやかな別れの宴を張ってくれるのが習わしであった。

主人をはじめ家族、使用人一同が集まって食事を共にし、年季が明けた奉公人に手当てと餞別《せんべつ》をあたえ、一同で送り出す。主人の家の前には家族が迎えに来ている。

待ちに待ったその日、松吉と音松はおきんが奉公に上がった本石町四丁目の駿河屋の前へ行った。

当時の大店は暮六つ（午後六時）と共に大戸を下ろす。賑《にぎわ》っていた大通りも暮六つと共にめっきり人影が減ってくる。

「さあ、そろそろおっかあが出てくるぜ」

あと数日で師走《しわす》に入るという寒い往来に親子は寄り添って立ちながら、松吉は音松にささやいた。

店が大戸を下ろし始めている。もう送別の宴が終って、主人からねぎらいの言葉をかけられているだろう。

この一年、おきんから便り《たよ》はあったが、彼女は一度も家へ帰って来ていない。乳母奉公はいったん奉公先へ上がると、年季明けまで帰って来ないのが通例であった。乳母いったん帰ると我が子から離れられなくなるので、心を鬼にして帰らない。

大戸がぱたぱたと下ろされた。だがおきんはまだ出て来ない。最後の一枚が下ろされかかった。もしかすると表からではなく、裏の通用口から出て来るのかもしれない。

考えてみれば、奉公人が店の正面から出て来るはずがない。松吉は音松の手を引いて裏口へまわった。

だが裏口にもおきんの姿は見えない。通用口を押してみたが、鍵が掛かっている。

「おっかあはまだ来ないの」

音松がまわらぬ舌で尋ねた。

「表で待っている間に、先に帰ってしまったのかもしれねえよ。おれたちが迎えに来ることは話してなかったからな」

松吉はしょんぼりしている音松を慰めた。

奉公中、連絡はおきんからの一方通行である。松吉と音松からはおきんに連絡は取れない。これも乳母が我が子の消息に接して里心《さとごころ》を起こさせないためである。

父子は手をつないで寒い道を我が家へ引き返した。途中で音松が疲れてしまったので、松吉が背負った。

本石町四丁目から彼らの長屋のある根津まで小半刻《こはんとき》（一時間弱）かかる。

「おとう、腹がへったよ」

音松が訴えた。

「もう少し辛抱しな。家でおっかあが待ってるよ。今夜は三人でごっそうだ」

「おっかあ、お土産《みやげ》たくさん持って来てくれるかな」

「持って来るとも。家の中に入りきらないほどな」

音松が歓声を上げた。

そんな話を交わしながら歩いているうちに、背中が静かになった。いつの間にか音松は父親の背中で眠っていた。

ようやく長屋の前へ帰り着いたが、家の中が暗い。不吉な予感が松吉の胸を走った。

(きっと灯《あかり》を点《つ》けずに、びっくりさせてやろうと待ち構えているんだろう)

不安をなだめながら、松吉は背中の音松を軽く揺すって、障子をそろそろと引いた。

だが家の中は出たときのまま、冷たい空気が澱《よど》んでいる。人がいる気配は感じられない。

「おきん、隠れていても駄目だぞ」

松吉は不安に耐えながら声をかけた。

だが一歩入れば狭い土間と居間が全部見渡せる九尺二間の長屋である。隠れるとすれば押入れの中以外はないが、その押入れも蒲団やがらくたでいっぱいのはずである。背中がもぞと動いて音松が目を覚ました。

「おっかあ、帰っている?」

音松が問うた。

「ちょっと遅れているみたいだな」

「おっかあ、どうして帰って来ないんだろうね」

音松は、母が約束どおり帰って来ない不安に精一杯耐えているようである。

「きっとなにかの用事があって遅れているんだろう。心配することはねえよ。明日の朝になれば、おっかあ、帰って来ているからな。さあ、おとうと一緒に飯を食って、今夜は寝ような」

うんとうなずいた音松の目に涙がいっぱいたまっている。

だが翌朝になってもおきんは帰って来なかった。松吉は音松を連れてふたたび本石町の店へ行った。

開《あ》いたばかりの店先でおきんを迎えに来たと告げると、居合わせた手代《てだい》がびっくりした表情をして、

「おきんさんなら昨日《きのう》、年季が明けて帰りましたよ」

と答えた。

「おきんが帰った？　そんなはずはありません。おきんは家に帰って来ていません。昨日、この子と一緒に店先まで迎えに来たんだ」

「そんなこと言われても、たしかに昨日帰っていますよ」

店先での押し問答になった。

そこへ番頭らしい厚みのある男が出てきて、

「おきんさんのご亭主かね。私は番頭の伊兵衛だが、おきんさんはたしかに昨日、暮六つ前に帰りましたよ。おまえさん、店先で待っていたんだろう。おきんさんは奉公人が表から帰っては畏《おそ》れ多いと言って、裏の通用口から帰って行きましたよ」

と言った。

とすると、やはり昨日、おきんとすれちがったことになる。だが、おきんは帰宅していない。番頭の言葉がまことであれば、おきんは本石町四丁目の駿河屋から根津の間で蒸発してしまったことになる。

二

十一月二十七日朝五つ刻（午前八時）、三崎《さんさき》町の商家の裏手にある柏木《かしわぎ》の井と呼ばれる井戸のかたわらに植えられた樒《しきみ》の下で、近所に住む植木屋が女の死骸を発見した。

三崎町は以前は東叡山の御料地であった所であるが、数年前に町方の支配地に編入された。

この榁は昔、柏木という遊女が連れ添った男と死別した後、独り庵《いおり》を結んでいたが、彼女の死後、近所の人々がその死骸を葬って墓の標《しるし》に植えたという。

その後、榁は生長して、この樹に願を掛けると瘧《おこり》に効くというところから、瘧を患う者が願掛けにやって来る。

植木屋もその一人で、榁に願を掛けに来て、女の死骸を発見したものである。

植木屋は願掛けも忘れて、町内の自身番へ走り込んだ。

女の身許が割れたのは、それから間もなくであった。

早くも蝟集《いしゅう》して来た野次馬の中の一人が、その女を見知っていた。根津門前に住む小間物屋の松吉の女房おきんである。

おきんは昨二十六日、本石町四丁目の茶問屋駿河屋の乳乳母奉公が明けて帰宅途上、消息を絶っていたものである。

早速松吉に報《しら》せが行った。

松吉は昨夜帰らぬ女房を案じて駿河屋へ問い合わせに行って帰って来たところであった。

松吉は変わり果てた女房に対面して、呆然とした。昨夜から帰らぬおきんに、不吉な予感を促されていたが、それが的中してしまった。

変わり果てた母親の姿を見せぬために、音松は近所の者に預けてある。母の帰りを待ちわびている音松になんと言ったらよいかわからない。昨夜から音松を騙しつづけているのである。

駿河屋の話によると、おきんは奉公の手当て四両と、心付けの一両、合わせて五両を持っていたはずだという。だが懐中には一文もなかった。

死骸のそばには駿河屋でもらったお仕着せや、子供への土産物らしい玩具《おもちゃ》を包んだ風呂敷包みが落ちていた。

現場は寺と寺の間の寂しい通りで、町地ではあっても家並みからは離れている。賊はおきんの懐中の金を狙って尾《つ》けて来たものであろう。人通りの絶えた寂しい現場へ来たときを狙っておきんを襲い、彼女を殺害して金を奪ったものとおもわれた。

背後から肩から乳の辺りへかけて一刀の下に斬り下げた斬り口は、尋常の手並みではない。

茂平次から報せを受けた祖式《そしき》弦一郎は、現場へ出張って来た。彼が現場へ着いたときは、古町《ふるまち》権左衛門や陣場多門が先着していて、すでに検屍が終っていた。

「追剝《おいはぎ》の仕業だな」

古権《ふるごん》が弦一郎をじろりと睨《にら》んで言った。いまごろのこのこやって来ても、もう出る幕はないと言わんばかりの表情である。

陣場多門が死体発見の経緯と、被害者の身許について手短に説明してくれた。

死骸の斬り口を見た弦一郎は、記憶に刺激を受けた。後ろ袈裟《げさ》に一太刀、鎖骨から肋骨を数本、乳の上のあたりまで一気に斬り下げている。おそらく被害者は悲鳴を上げる間もなく絶命したであろう。

「あの野郎だ」

弦一郎は喉の奥でうめいた。

「祖式さん、下手人に心当たりでもあるのですか」

弦一郎のわずかな反応を敏感に見咎《みとが》めた多門が聞いた。

「この斬り口におぼえはねえかい」

弦一郎の目が謎をかけている。

「後ろ袈裟に一太刀で仕留めています。こんな斬り口の辻斬りが前に出ましたね」

多門が弦一郎の顔色を見た。

「そいつだよ。辻斬りだけじゃねえ、山城屋の女将《おかみ》と丁稚《でっち》（第一巻「悪の狩人」）、穴伝《あなつた》いの伝次、平戸屋重右衛門とその息子（第一巻「怨み茸」）を殺したのもこの死骸《ホトケ》の下手人と同じ人間だ。野郎、また出やがったな」

「諏訪町の浄瑠璃の師匠鶴岡の家で祖式さんが耳朶《みみたぶ》を斬り落とした辻斬り野郎が、また現れたというんですか」

　陣場多門の面が緊張した。

「この斬り口はあの野郎にまちがいねえ」

　弦一郎は鶴岡の家で対決した辻斬りの顔をおもいだした。細い目、高い鼻梁、薄い唇、頬が削ぎ落とされたようにこけていた。いまでもあの男と刀を交えたときの背筋を走った戦慄は、昨日のことのように鮮やかにおぼえている。恐るべき太刀筋であった。

　あのとき髪の毛一筋の狂いでもあれば、弦一郎は相手の剣に斬り倒されていたであろう。いや、事実斬られていた。厚い着込みのおかげで、辛《かろ》うじて敵の剣をはね返したが、備えを施していなかったら、あの凶剣の餌食《えじき》になるところであった。

「旦那、またあの辻斬り野郎が獲物を漁《あさ》り始めたんですかい」

　弦一郎と多門のやりとりを聞いていた半兵衛が口をはさんだ。

「懐中に金目《かねめ》のものは残されていねえが、あの辻斬りがわずか四両や五両の金のために人をあやめたとはおもえねえな」

られていた。

弦一郎が首を傾げた。

平戸屋の八歳の息子も市中の六歳の子も辻斬りの餌食にされて、いずれも耳を削ぎ取られていた。

「そうだよ。宗旨《しゅうし》変えしたんだ。辻斬りが耳の買い主（平戸屋）を斬っちまったんだから、死骸《ホトケ》から耳を削ぎ取っていったところで一文にもなるめえ」

古権がしたり顔をして言った。弦一郎はそれ以上、古権に取り合わなかった。

おきんの死骸は検屍がすむと、松吉へ下げ渡された。弦一郎は悲嘆に打ちひしがれている松吉に事情を聞いた。

「おめえはかみさんが駿河屋から出て来るところを確かめたわけじゃねえんだな」

「へえ、昨日暮六つ、年季が明けることになっていたんで、音松を連れて駿河屋さんの店の前で待っていました。暮六つになって店の大戸が下ろされたので、裏口から帰るとおもいまして裏へまわったのですが、鍵が掛かっていました」

「それで、すれちがったとおもって家へ帰って来たが、おきんは帰《けえ》っていなかった」

「へえ、昨日はおきんの帰りを待ってまんじりともしませんでした。今朝もう一度駿河屋さんへ行ってみると、昨夜のうちにおきんは帰《けえ》ったと言うんで」

「だれが帰ったと言ったんだ」

「店先にいた手代のような人と番頭さんで」

「そして朝になったら、三崎町の榁の木の下で死骸《しげえ》になっていた……」

弦一郎の目が光ってきた。

「乳乳母奉公などに出さなかったら、おきんは死なずにすんだのに。あっしが不甲斐《ふがい》ねえばっかりに、女房をこんな変わり果てた姿にして、音松を母なしっ子にしちまったんで。あっしが殺したようなもんでさあ」

松吉は男泣きに泣いた。

弦一郎は慰める言葉もなかった。これが一年間、いたいけな我が子を犠牲にして家族から離れて奉公に上がった報酬とは、あまりにも酷《むご》い。

音松は母が死んだ事実をまだ知らない。いずれは告げねばならないことであるが、松吉にはとてもできない。近所の者が代わってやることになるであろうが、辛《つら》い役目である。

松吉から事情を聞いた後、弦一郎は半兵衛と茂平次に向かって、

「もしかすると、おきんは駿河屋から帰らなかったかもしれねえな」

と言った。

「すると、駿河屋の番頭や手代が嘘をついたというんで」

「駿河屋から帰《けえ》らなかったとすると、一体《いってえ》どこで殺されたんで」

半兵衛と茂平次が問うた。

「駿河屋から帰らねえうちに殺されたとすれば、駿河屋の中で殺されたことになるな」

「駿河屋で殺された……。なぜそんなことをしたんで」

半兵衛と茂平次が異口同音に問うた。

「おきんが駿河屋に一年、乳乳母奉公に上がっている間、駿河屋にとって都合の悪い事情を知ったからかもしれねえ」

「駿河屋にとって都合の悪い事情とは、一体どんなことで」

「そいつはこれから調べてみなければわからねえが、乳乳母奉公に絡《から》んでの内情かもしれねえな」

「するってえと、おきんが持っていたはずの四、五両のお手当てはどうなるんで」

「そんなものは最初から持っていなかったのさ。持っていたとしても、物盗り目的に見せかけるために、下手人が取り返《けえ》した」

「ひでえことをしやがるな。旦那は駿河屋がくせえと睨んでいるんで」

「駿河屋の内を調べてみてえ。駿河屋は公儀御用達の江戸で指折りの茶問屋だ。おきんが乳乳母奉公に上がったということは、駿河屋に乳を欲しがる赤ん坊がいたということだ。その赤ん坊の両親は駿河屋の人間のはずだが、その二人がだれか確かめてみてえ。また駿河屋に出入りする武士《さむらい》はいねえか。その辺のところをおめえたち、嗅ぎまわって来てくれ」

弦一郎は二人の子分に命じた。

三

三日後、半兵衛と茂平次が帰って来た。その二人の表情を見た弦一郎は、彼らがなにか咥《くわ》え込んで来たのを悟った。

「旦那が睨んだとおりでしたよ。いろいろと面白《おもしれ》えことがわかりました」

半兵衛が言った。

「そうか、それで赤ん坊の母親はだれだったい」

「駿河屋にはお光という一人娘がおりやしてね。この娘が三年前、上方《かみがた》の公卿の養女になって禁裏（宮中）に上がったということです。そのお光にやんごとないお方の手がついてご懐妊、宿下《やどさ》がりして赤ん坊を産んだのはいいが、産後の肥立ちが悪くてお光は死んじまったそうです」

「その上方のやんごとない公卿というのが気になるな」

「やんごとなきお方の名前も調べたんですがね、こいつはすぐにはわかりそうにねえ」

当時、裕福な商家の子女にとって、大名や公卿や高級武士の屋敷に奉公に上がることは嫁入り前の箔づけになった。

奉公中、屋敷の主の手がついて男の子でも産めば、お部屋様として権勢を振るえる。もし自分の産んだ子が跡継ぎになれば、生母として君臨できる。

町家の子女にとって武家屋敷に奉公に上がることは、玉の輿《こし》に乗る最大のチャンスであった。まして禁裏となればそれはシンデレラガールである。

「それで駿河屋によく出入りしている武士はいたか」

「おりやした」

半兵衛に代わって茂平次が口を開いた。弦一郎は半兵衛から茂平次の方へ視線を転じた。

「大変な大物が出入りしておりました。御側用取次《おそばようとりつぎ》、五千石、織田若狭守《わかさのかみ》様が駿河屋の主《あるじ》福右衛門と昵懇《じっこん》だそうで、たがいに頻繁に往来しているそうです」

「織田若狭守……そいつは大変な大物だな」

「なんでも駿河屋が御用達になったのも、織田様のご推輓《すいばん》によるものだそうです」

「織田若狭守が駿河屋と気脈を通じているとなると、こいつはうっかり手を出せねえな」

弦一郎は宙を睨んだ。

織田若狭守は織田信長の末裔《まつえい》であり、豊臣家の血脈にも連《つら》なっている名門である。また京都の朝廷にも太い人脈を持ち、朝廷と幕府を結ぶパイプ役を務めている。

現将軍の信頼も厚く、将軍の側近にあって老中の政務を将軍に取り次ぐ御側用取次の要職を占めている。老中が政務に関して将軍に言上《ごんじよう》しようとしても、御側用取次が取り次がなければ、どうにもならない。

どんな有能な老中も、御側用取次に睨まれたら能力を発揮することができない。時の将軍すら一目置く織田若狭守が駿河屋の背後に控えていては、町奉行所の一介の同心が手の出せる相手ではない。

弦一郎は駿河屋に出入りする武士として、彼が一度刃《やいば》を交えた辻斬りを意識していた。

駿河屋が辻斬りに依頼しておきんを斬らせたのではないかと疑っていた。

おきんを斬ったのは件《くだん》の辻斬りであろうが、辻斬りの背後にいる者が織田若狭守となると、剣だけで勝負できる相手ではなくなる。

弦一郎はこのときはたとおもい当たった。山城屋の女将およねが殺されたとき、奉行の仰せ出《いだ》しとして、詮議《せんぎ》の中止を命じられた。

弦一郎がおよねを取調べたとき、彼女の交際相手に「高貴の方」のいることが仄《ほの》めかされた。

詮議の中止命令も織田若狭守から発せられ、およねの相手の高貴の方も織田若狭守に連なっているのかもしれない。

若狭守なら奉行所に圧力をかけられる。また政商と結託して巨利を吸い上げている人物として申し分ない。

だが若狭守に連なる「高貴な辻斬り」がなぜおきんを殺したのか。

若狭守に飼われている殺し屋を使っておきんを殺させたということは、おきんが生きていては駿河屋のみならず、若狭守にとっても都合の悪い事情があるのではあるまいか。

「ご苦労だった。お光が養女になった上方の公卿とやらは、おれが手をまわして調べてみよう」

弦一郎は二人の子分をねぎらった。

お光の養親《やしないおや》である上方の公卿というのが気になった。公卿となれば、織田若狭守の人脈が考えられる。

若狭守、駿河屋、お光、そして公卿と、これらを結ぶ線がなにか得体の知れぬ巨大な黒い構図を描き出すようであった。

## 四

町方与力や町方同心は身分、格式は低く、俸禄も少ないが、職制上役得が多い。

当時、江戸には譜代大名約百四十家、外様大名約百三十家の上《かみ》、中《なか》、下屋敷《しもやしき》が江戸全域に構えられ、常時、全大名の半数が勤番者と呼ぶ多くの家臣を抱えて在府していた。

彼らは江戸在府の者と異なり、江戸の地理や風俗、習慣に通じていない。そのため町方とトラブルを起こしやすく、これが表沙汰にされると藩の名誉や信用にも関わってくるので、諸藩の御留守居役（折衝役）は御役中《なか》頼み、あるいは御用頼みといって、与力や同心につけ届けをしていた。

また江戸市民からも各町内毎《ごと》につけ届けがある。これらは町方役人の余禄であるが、物質的な役得のほかに、彼らはその職制によって全国諸侯の家中および江戸市民の間に広範な人脈を擁していた。

公的な情報と異なり、町方役人の情報網には、時に将軍や老中にも達しない下々《しもじも》の下世話な情報が集まる。

弦一郎はその人脈を駆使して、駿河屋に関する情報を集めた。

その結果、駿河屋の娘お光は織田若狭守の推輓《すいばん》で、女官として禁裏へ上がった。人臣に仕えた者や町家出身の者は禁裏に上がれないことになっているので、身分ある者の養女ということにしたのであろう。

その職掌は六位女蔵人《おんなくろうど》、女官の最下級であったが、宮中の女房であることには変わりない。

間もなくお光の養親は正三位池大納言《いけのだいなごん》頼雅と判明した。そして頼雅は一昨年三月十二日、天皇からの勅使として江戸へ下向していた。

これは毎年正月、将軍から皇居に対して年始の賀詞を贈った答礼として、朝廷から江戸へ差し遣わされた勅使である。この勅使一行にお光は随伴している。

弦一郎の情報網をもってしても、お光の妊娠の相手方は探り出せなかった。

弦一郎が注目したのは、この池大納言の姉を織田若狭守が娶《めと》っていることである。この辺《へん》の人間関係から、しきりに胡散《うさん》臭いにおいが漂ってくる。

師走にはいって十二月三日、江戸で事件が発生した。

側衆片桐内膳正《ないぜんのかみ》は大の猫好きであった。小川町の屋敷に十数匹の猫を飼い、近所からは猫屋敷と呼ばれているほどである。

この片桐の屋敷と路地一つ隔てて、御小納戸《おこなんど》役七千石、溝口式部の屋敷がある。

溝口は大の犬好きで、猫を嫌っていた。溝口の屋敷にはこれまた犬が十数匹飼われ、近所から犬屋敷と呼ばれている。

猫屋敷と犬屋敷が隣り合っているので、両家はことごとにいがみ合っている。事件はこのような下地を踏まえて発生した。

十二月三日朝、片桐家の主が最も可愛がっているけむしという名の猫が、溝口家の庭に入り込み、その飼い犬に追いかけられた。けむしは一目散に自分の飼い主の屋敷へ逃げて来た。

けむしを追いかけて来たのは、溝口式部が最も可愛がっている、きよもりと呼ぶ秋田犬である。歩幅の優れたきよもりがけむしを追いつめた。

そこへたまたま出て来たのが片桐家の侘助《わびすけ》という中間《ちゅうげん》である。侘助は主人の愛猫が隣家の飼い犬に追いつめられているのを見て、咄嗟《とっさ》に持っていた木刀できよもりを打ちのめした。

侘助の木刀はただの一撃できよもりの頭蓋を粉砕した。きよもりは目や口や耳から血を噴き、四肢を震わせて悶絶した。

これを知った溝口式部は激怒して、片桐家に侘助を差し出すように談じ込んだ。

内膳正は、

「貴家の飼い犬を殺したるはまことに申し訳なき儀でござるが、べつに悪意でしたことではござらぬ。なにとぞお許し願いたい」

と丁重に詫びを入れたが、式部は許さない。

「我が庭内に猫を入れ、わが飼い犬を挑発したのは明らか。貴家の猫を追いかけて行ったのであれば、追い払えばすむこと。それを木刀をもって打ち殺したるは、あらかじめ悪意を含まなければできぬことでござる。飼い犬とは申せ、家族も同然でござる。家族を討たれて黙しているわけにはまいらぬ。中間を申し受けたい。どうあっても中間を庇《かば》い立てするご所存とあれば、当方にも考えがござる」

溝口式部は強硬な姿勢を崩さなかった。このままでは本当に殴り込んで来かねない剣幕である。

将軍膝元で幕府の高官が犬、猫の争いを原因として斬り合いを演ずれば、両家とも無事ではすまない。だが侘助を差し出せば手討ちにされるのは目に見えている。

内膳正がほとほと困《こう》じ果てたとき侘助が申し出て来た。

「このままではお殿様にご迷惑をかけまする。私一人が溝口様のお屋敷に出頭すればすむことでございます。なにとぞお許しくださいませ」

片桐はやむを得ず侘助の申し出でを許した。

一方、溝口式部は愛犬を殺した張本人が名乗り出て来たので、怒りを解《と》いた。彼とて犬と人間の命を本気で取り替えるつもりはない。ただ愛犬を殺害されて黙っていたのでは、飼い主としての面目が立たない。

出頭して来た隣家の中間を一言、二言叱責して放免するつもりであった。

「其方《そのほう》がきよもりを打ち殺した中間か」

式部は着流しに脇差しだけを差して、庭上に殊勝にひざまずいている侘助の前に立った。その姿を見ても、侘助を手討ちにする意志のないことがわかる。

「はい、侘助めにございます」

侘助は地上に平伏した。

「この度の仕儀、まことに遺憾である。其方を手討ちにいたしたいのはやまやまなれど、殊勝に出向いて来たので許してつかわす。今後、このようなことのないよう、きっと注意いたせよ」

式部は言った。

「恐れ入り奉りまする」

侘助はさらに地上に額をこすりつけた。

「ならばよい。引き取ってよいぞ」

式部は鷹揚に言って、邸内に引き返そうとした。

侘助に背中を向けたとき、平伏していた侘助が身体を引き起こすと、無防備の式部の背中目がけて隠し持っていた短刀を柄《つか》も通れと突き刺した。

式部が愕然として腰の脇差しに手をかけたときは、侘助の小刀の切先《きっさき》は胸元に突き抜け、式部は死の急斜面を転がり落ちていた。

そこに居合わせたのは、侘助を庭へ引き連れて来た用人の赤井七兵衛一人である。まさか侘助がそのような挙に出ようとはおもってもいない。

七兵衛が仰天して主人の許へ駆け寄ったときは、すでに式部は絶命していた。

「おのれ、曲者《くせもの》」

七兵衛が侘助を追跡しようとしたときには、すでに侘助は門外へ逃げ去っていた。

侘助はそのまま片桐邸へもどらず出奔《しゅっぽん》してしまった。

帰らぬ侘助に内膳正は、溝口邸で手討ちにあったとおもったらしく、

「お仕置き後の中間の死骸を申し受けたい。せめて当方にて弔《とむら》いたく存ずれば」

と申し入れて来た。

溝口家家中は青くなった。溝口家にまだ後嗣《あとつぎ》はない。後嗣なきまま主人が死ねば、家

は断絶、家禄は没収となる。

しかも武士たる者、犬が原因で中間に殺されたとあっては、寛大な処置を望むべくもない。

## 五

溝口式部が片桐内膳正の中間に討たれた事件は、祖式弦一郎の耳に入った。武士の喧嘩はよくあることであるが、飼い犬が原因で武士が中間に討たれたのは珍事である。

だが弦一郎がこの事件に注目したのは、その特異性からではない。彼は溝口式部の名前に記憶があった。勅使池大納言一行が二年前江戸表に下向したとき、溝口式部がその饗応役秋田右近将監《しょうげん》忠長常州内三万石の補佐を務めていたのである。

勅使、院使の饗応役は三万石から十万石クラスの大名の義務となっている。武門の大名は公式の典礼や、宮中での形式因習に暗い。

そのためにそれらの万事に精通した高家《こうけ》肝煎《きもい》りの指南役が付いて、不慣れな饗応役に勅、院使に対して疎漏のないよういちいち指南することになっている。

だが浅野内匠頭《たくみのかみ》と吉良上野介《こうずけのすけ》の松の廊下事件以後、このような不祥事を繰り返さぬために、大名と高家の調停役として旗本が補佐することになった。

補佐役の旗本は、饗応役と指南役の双方に親しい人物が選ばれる。

溝口式部はその饗応役補佐を務めていた。

（駿河屋のお光は池大納言に随行して江戸へ来た。一方、溝口式部は饗応役補佐として池大納言一行を接待した。お光と式部はこのとき接触した可能性が大きい。そしてお光が産んだ赤ん坊に乳乳母として侍《はべ》ったおきんが殺害された。おきんが殺害されて数日後、溝口式部が殺された。この二つの事件の間につながりはないか？）

弦一郎の胸の内がしきりに蠢《うごめ》いた。なんの関連もないかもしれない。だが気がかりであった。

弦一郎は片桐内膳正について調べてみた。その結果、意外な事実が判明した。

内膳正は織田若狭守の次女を妻にしている。織田と片桐がつながった。そして片桐の中間が溝口を討った。これは果たして偶然であろうか。もし偶然でなければ……。

弦一郎の胸の内で思惑が脹《ふく》れ上がってきた。

弦一郎は半兵衛と茂平次を呼んだ。

「おめえたち、ご苦労だが御側衆片桐内膳正様の中間で侘助という男の行方を探してくれ」

「片桐様の中間で、侘助ですか。聞いたような名前ですね」

「御小納戸役溝口式部様を討ち果たして逐電《ちくでん》した中間だよ」

御小納戸は将軍の近侍であるが、二の間、三の間に控え、小姓の指示に従って将軍の雑用を務める。側衆、小姓と共に将軍近侍の三役である。

「あのとんでもねえ野郎ですか。あの中間がなにか関わりがあるんで？」

「どうもきな臭《くせ》えんだ。野郎を叩けば面白《おもしれ》え埃が立つかもしれねえよ」

「わかりやした。中間、折助《おりすけ》（武家の下男）のしけ込むところはだいたい相場が決まってやす。二、三日うちに埒《らち》が明くでしょう」

半兵衛が請け負った。

半兵衛と茂平次を送り出した弦一郎は、胸の内の思惑を転がしつづけた。

巷間《ちまた》の噂によると、溝口式部は片桐家の中間に愛犬を殺されたのを怒り、中間を手討ちにしようとして反撃を食い、殺されたという。

だが将軍御小納戸役ともあろう者が、いかに可愛がっていたとはいえ、愛犬を殺されて中間を手討ちにしようというのも、にわかには信じ難い。もしこれが最初から仕組まれていたとしたらどうか。

つまり、侘助は式部を挑発するために故意に猫を犬にけしかけた。犬は当然猫を追いかける。侘助は猫を庇おうとして犬を殺した。まずここに疑問が生ずる。果たして犬を殺す必要があったのか。主人の愛猫を守るためであれば、犬を追い払えばすむことである。それを侘助は式部の愛犬であることを知りながら打ち殺した。

侘助には式部の怒りが予測できたはずである。

案の定、激怒した式部は、侘助の身柄を要求する。片桐内膳正は式部の要求に屈して侘助の身柄を引き渡した。

だが主人たる者、身に代えても家来を守るべきではないか。侘助がいる限り紛争が解決しないとなれば、侘助に言い含めて姿を消させればすむことである。式部とていなくなった者をどうすることもできまい。

次に、武士ともあろう者が中間にむざむざと討たれたのは不覚である。手討ちにしようとしたところ、侘助の反撃を食って返り討ちにされたということであるが、侘助を手討ちにするつもりであれば、式部は太刀を持っていたはずである。侘助に一刀も報《むく》いられなかったのであろうか。

覚悟を定めて手討ちになるために隣家に出頭した者が、武器を携えて行くはずがない。侘助が式部を討ったということは、あらかじめ武器を用意していたことをうかがわせるものである。

侘助は式部を暗殺するためになに者かが送り込んだ刺客ではあるまいか。もし侘助が刺客であれば、だれが、なんのために式部の暗殺を謀《はか》ったのか。

ここまで推理を進めてくると、勅使饗応役補佐を務めた溝口式部と、池大納言に随行して江戸へ来たお光が結びついてくる。

お光の産んだ赤子の父親を溝口式部と仮定したら……。弦一郎は自分の思惑が辿り着いた途方もない推測に凝然《ぎようぜん》となった。

幕府は京都朝廷との関係に最も神経を遣っている。幕府の高官と禁裏の女官が通じたとしたら、これは一大スキャンダルである。

たとえ最下級の下﨟《げろう》（官位の下級の女官）ではあっても、天皇直属の官女である。官位は正六位上、蔵人である。

しかも蔵人は天皇の秘書官として天皇に近侍し、殿上《てんじよう》、日常一切を司《つかさど》る。身分は低いが天皇に密着しているため、宮中では隠然たる勢力を張っている。

また蔵人は官界での昇進の登竜門とされている。もし天皇の私設秘書ともいうべき女蔵人と幕府の高官が密通していた事実が表沙汰になったら、朝幕関係にも影響するかもしれない。

お光が溝口式部と通じて妊娠したと知ったときの幕府の困惑が目に浮かぶようである。

そこまで推測をめぐらした弦一郎の脳裡に、一つの着想が閃光のように迸《ほとばし》った。

（お光は本当に産後の肥立ちが悪くて死んだのか？）

もしお光が生きていたら、そしてその事実をおきんが知ったとしたら。幕府としてはなんとしてもおきんの口は封じなければなるまい。

おきんを永久に黙秘させ、赤子の父親を暗殺して、赤子は里子に出せば、すべては闇から闇へ葬られる。

弦一郎は自らの発想に呆然となった。

だがなんの裏づけもない。彼一人の憶測にすぎない。彼の憶測を裏づけるためには、まず侘助を探し出さなければならない。

そしてお光の生死を確かめる。お光が生きていれば、子供を産み落とした後、なに食わぬ顔をして京都へ戻るであろう。そして蔵人正六位上光子として、前と変わりなく天皇に近侍するのだ。

## 六

三日後、茂平次が帰って来た。

「旦那、侘助の野郎、案の定、本所の御家人の賭場を巣にしておりやしたよ」

茂平次は報告した。

「やっぱり本所にいやがったか」

「双子石」の事件のとき、源助が潜んでいたのも本所御家人の橘小平の家であった。

本所の御家人の家は江戸の悪党どもの巣窟《そうくつ》である。御家人たちは自宅を賭場にして寺銭を巻き上げ、ゆすり、たかり、盗み、あるいは女を置いて女郎屋の真似をしたり、奉行所の手が届かないのをよいことに、悪事を恣《ほしいまま》にしている。

この治外法権地域に江戸の悪党どもが目をつけて入り込んで来る。

「南割り下水の一色《いっしき》右京という御家人の家にとぐろを巻いておりやす。いま兄貴が見張っておりやす。お出ましくださいまし」

茂平次が言った。

御家人の多くは、江戸各地の大縄地《おおなわち》と呼ばれる武家地に組頭の統一の下に、今日の団地のように集合した組屋敷に住んでいたが、無役の御家人は組屋敷に住まず、個々の家に住んでいる。

一色右京は橘小平の家の近くに住んでいる本所御家人の中でも名うての悪《わる》である。

五十俵三人扶持、非役の小普請組、抱え席である。これは一代抱えで、退職すると同時に扶持からも離れる。幕府直参の名前だけのなんの希望もない下級武士である。

だが痩せても枯れても幕府の直参である限りは奉行所は手を出せない。侘助が一色右京の家を出たところを捕らえる以外になかった。

一歩屋敷内を出れば奉行所の支配地となる。侘助も一色の家に閉じ籠ってばかりはいられない。必ず出て来るときがある。それが狙い目であった。

町奉行所の支配は武家地には及ばない。だが武家屋敷の前でも、街路は町地と見なされるので、犯罪者が武士の家から一歩外へ出れば、町方与力、同心が縄を打てる。これが門前捕りである。

御家人の家の場合、満足な門もなく、原木のまま二本の丸柱を立て、真ん中に扉がなく、左右に木戸がついていたので、門前捕りならぬ「木戸前捕り」となる。

弦一郎は茂平次を連れて本所へ急いだ。侘助をしめ上げれば、事件の真相が明らかになるかもしれない。

真相が明るみに出ても、おそらく下手人には手をつけられないであろうが、弦一郎はこの事件の奥に張りめぐらされている気配のからくりを知りたかった。

道を急ぎながら、弦一郎の胸にふと兆《きざ》した疑問がある。

（それにしても、溝口式部を仕留めるになぜ侘助を使ったのか？）

（幕府としては溝口に直接手は出せない。幕府の意志が働いていることはあくまでも伏せなければならぬ。そこで侘助を道具に使って式部を討った）

だれの目にも犬と猫の喧嘩が高じての事件に見える。式部には救いはない。命を失った上に、家名は断絶、家禄は没収される。

もしこの事件に公儀の内意が働いているとすれば、一つだけ弱点がある。

それは侘助の口である。金に釣られて働いたのであろうが、口さがない下郎の口がいつ割れぬとも限らぬ。侘助の口から漏れれば、すべてが明るみに出てしまう。

もちろん侘助は深い事情を知らされぬまま式部を刺したのであろう。だが故意に片桐の飼い猫を式部の飼い犬にけしかけたことをしゃべれば、疑いを抱く者が現れるかもしれない。現に弦一郎が疑っている。

「茂平次、急げ」

弦一郎はふと不安に促されて、足を速めた。

「旦那」

充分急いでいるつもりの茂平次が、弦一郎の不安の色を塗った面を不審そうに見た。

「侘助が危ねえ」

「侘助が？　だれかが侘助を狙っているんですかい」

「おれのおもい過ごしならばいいがな。胸騒ぎがするんだ」

「旦那の胸騒ぎは当たりやすからね」

弦一郎の不安が茂平次に伝染したらしく、足取りがいっそう速くなった。

両国橋で陽が暮れた。さすが師走で人通りが激しい。川面を寒い風が吹き抜けている。

通行人の橋を渡る足取りもせわしない。背中を丸めて忙しそうに歩いている人々が、いずれも人生という重荷を背負っているように見える。

川面にも大小の船が行き交《か》っている。大きな船の間を吉原通いか、柳橋の舟宿から繰り出した猪牙舟《ちょきぶね》が急ぐ。

回向院《えこういん》の角をまわり、御竹蔵を横目に見て、南割り下水へ小走りに走りつづける。

ようやく一色右京の家の前へたどり着いた。陽はすでにとっぷりと暮れている。

「あれ、おかしいな。兄貴はどこへ行ったんだろう」

茂平次がきょろきょろした。張り込んでいるはずの半兵衛の姿が見えない。

周囲は割り下水に沿って同じような御家人の家が廂《ひさし》を接して建ち並んでいる。粗木の二本の丸柱、門に木戸を設け生け垣をめぐらせた吹けば飛ぶような御家人の家であるが、奉行所役人は一歩も立ち入れない。

一色右京の家の気配をうかがったが、無人のようにひっそりとしている。半兵衛がその辺の闇の溜まりに潜んでいれば、必ずそっと声をかけてくるはずである。

「兄貴」

茂平次が声を殺して呼んだが、返答はない。

そのとき横川の方角に異常な気配が生じた。なに者かが争っているようである。

「しまった。あっちだ」

弦一郎は叫ぶと同時に走り出した。

「野郎、待ちやがれ」

半兵衛の声が聞こえた。

「半兵衛、追うな。追ってはならねえ」

弦一郎は走りながら叫んだ。追えば半兵衛の命がない。下手人が弦一郎の推測どおりであれば、容易ならない遣い手である。闇の奥へ逃げて行く足音が聞こえる。

横川の手前で折助体《おりすけてい》の男が地上に倒れていた。半兵衛が抱き起こしている。

「旦那、こいつが侘助ですぜ」

半兵衛が言った。

「手当てを頼む。野郎、逃がさねえぞ」

弦一郎は侘助を半兵衛に託して、なおも追跡をつづけた。侘助を襲った男は横川に沿って南の方角、深川の方へ逃げている。

弦一郎は追跡をつづけたが、逃げ足の速い男であった。

竪川《たてかわ》と交差する北辻橋の辺りでとうとう見失ってしまった。

半兵衛の所へ引き返すと、侘助が気息奄々《きそくえんえん》としている。後ろ袈裟に一刀浴びせかけられて虫の息であった。半兵衛が応急に血止めを施している。

「侘助、どうだ、聞こえるか」

弦一郎は意識が朦朧《もうろう》としかけているらしい侘助の耳に口をつけるようにして叫んだ。

侘助がわずかに目を見開いた。もう目もよく見えないらしい。

「だれがやったんだ」

弦一郎は問うた。下手人の見当はおおかたついている。だが侘助の口からそれを確かめなければならない。

侘助が唇を震わせた。なにか言おうとしているらしい。

「からす、からす」

「なに、からすがどうした」

侘助の口からからすという言葉が聞き取れた。だがそれ以上は言葉にならない。

「下手人はだれだ。下手人がからすか」

弦一郎はこの世の岸辺から離れて行こうとする侘助を、必死に呼び止めた。侘助は生命の余力を集めて、右手をそろそろと動かした。なにかを指し示そうとしているらしい。侘助の右手がようやく右の耳朶をつかんだ。弦一郎ははっとおもい当たった。

「下手人は耳朶がねえのか」

侘助がうなずいた。

「わかった、右の耳朶がねえんだな」

侘助はうなずくと、にっこり笑って息絶えた。

ただ一撃の下に侘助を仕留めた手並みの主、右の耳朶を欠落している男、彼こそまぎれもなく弦一郎が鶴岡の家に追いつめ、耳朶を斬り落とした辻斬りである。そしていま、侘助を斬って逃げた男がおきんを斬った下手人であることがはっきりした。

彼は侘助の口を永久に閉ざし、一連の事件の弱点を是正したのである。これで唯一の証人が消された。

だが一連の事件の背後に潜む黒幕は、侘助を消すことによって、弦一郎の推測が正しかったことを裏づけてしまったのである。

七

侘助を斬った者は例の辻斬りにちがいない。その指令は織田若狭守辺りから発しているのであろう。

侘助が今際《いまわ》の際《きわ》に残したからすという言葉はなにを意味しているのか。からすは侘助を斬った下手人の名前を示しているのではないのか。

ともあれ、これまでなんの手がかりもつかめなかった辻斬りの片鱗《へんりん》が、ようやく浮かび上がったのである。

侘助の死骸をひとまず最寄りの自身番へ運ぼうとしたとき、背後に駆けつけて来る足音がして、呼び止められた。

「待て。お主《ぬし》ら、侘助になにをしたのだ」

背後の声は殺気立っていた。

振り向くと、一人の武士が全身から険悪な気配を放射して立っている。

「お手前は？」

弦一郎が問うた。

「一色右京と申す。その者は故あって拙者の家に寄宿している者だが、お主が手にかけたのか」

返答次第によっては許さぬと右京は身構えた。

「お手前が一色右京殿か。この者は拙者が駆けつける前になに者かに斬られた。拙者をお疑いのようであるが、ご不審とあらば刀を検《あらた》められよ」

弦一郎は佩刀《はいとう》をすらりと引き抜いた。右京は反射的に刀の柄に手をかけたが、弦一郎に殺気がないのを察知して、刀身に目を近づけた。

弦一郎の刃に血脂一つ浮かんでいないのを確かめて、右京は構えを解いた。

「さては侘助、烏丸《からすま》にやられたか」

右京はつぶやいた。

「お手前、ただいま烏丸と言われたが」

弦一郎は右京のつぶやきを聞き咎めた。

「烏丸に心当たりがござるのか」

右京が問い返した。

「侘助は死に際にからすと言い残してござる」

「やっぱりそうだったか。侘助は前々から烏丸にやられるかもしれねえと言っておった」

「烏丸とはなに者でござるか」

「拙者もよく知らぬ。侘助に聞いたが、それを言ったら命がねえと、あの悪が珍しく怯《おび》えておった」

「お手前、侘助から織田若狭守、あるいは駿河屋福右衛門の名を聞いたことはござらなんだか」

「織田若狭？　あの御側用取次の織田若狭守のことか」

「いかにも」

「織田若狭守の名は聞いたことはないが、侘助め、おれは凄い金蔓《かねづる》をつかんだと言いおって、あのすかんぴんが久し振りに懐《ふところ》が温かいようだった。賭場でも気前よく張り込み、負けが込んでも平然としておったな」

一色右京はそれ以上のことは知らぬらしい。

侘助は身寄りの者がなかったので、その死骸を一色右京が引き取って、葬った。

右京は本所の悪御家人であったが、俠気《きょうき》のある男のようである。

弦一郎の不吉な予感が的中して、侘助は斬られた。侘助の死によって、一連の事件の真相はすべて闇に封じ込められた。

おきん、溝口式部、侘助、この三人の死に関連があるのかどうかも不明である。

だがおきんと侘助の斬り口は符合している。

おきんと溝口を直接結ぶものはない。おきんが乳乳母を務めた赤子の母お光と溝口式部が、勅使接待を通じて接触しているかもしれないという可能性が、両者をつなぐ唯一の接点である。

また駿河屋福右衛門と昵懇の織田若狭守は、勅使池大納言と姻族であり、片桐内膳正は若狭守と姻族である。

内膳正の中間侘助は溝口式部を刺し、おきんと同じ斬り口で斬り殺された。しかも下手人は弦一郎が追跡しつづけている凶悪無類の男である。これが一連でなくてなんであるか。

だが一人の乳乳母が殺されてから、事件の構造は町方役人の手の及ばぬ雲の上へ拡大した。

下手人も地上から雲の上へ逃げ込んで、せせら笑っている。ここまで追って来られるものなら来てみろと、下手人の笑い声が聞こえるようである。

弦一郎がいくら歯ぎしりしてもごまめの歯ぎしりにもならない。

侘助が斬られて数日後、弦一郎は与力首席の瀬川主馬《せがわしゅめ》に呼ばれた。

「駿河屋の乳乳母が殺された事件の詮議はその後いかが相成っておるか」

瀬川は問うた。

本来なら遊軍の弦一郎ではなく、定廻《じょうまわ》りの古町権左衛門や陣場多門に問うべき質問である。それをあえて弦一郎に問うてきた瀬川に、弦一郎は底意《そこい》をおぼえた。

「下手人の目ぼしはつきましたなれど、その居所がいまだ確かめられませぬ。どうやら町奉行所支配外の所にかくまわれているようでございます」

弦一郎はおきん殺害事件の背後に、どうやら幕府上層部や禁裏内部の事情が潜んでいる気配に、報告は最小限に留めていた。

「さようか。されば乳乳母殺害の下手人は行きずりの強盗と判明した。これ以上の詮議は無用である」

瀬川は言い渡した。

「なんと仰せられる。拙者、さようなことは聞いておりませぬ。死骸《ホトケ》の斬り口を按《あん》じみまするに、先に市中に流行した耳削ぎの辻斬り、および山城屋の女将と丁稚殺しの斬り口と同一でございます。これらの手口を見ても、その場限りの強盗の仕業でないことは明らか。さらに先日、御側衆片桐内膳正様の中間侘助が殺された手口もおきんと同一にございます。突然の詮議差し止めは納得いきかねまする」

弦一郎は抗議した。

「控えよ。これはご奉行の仰せ出しである。お主が納得いこうといくまいと、これ以上の詮議は無用じゃ」

瀬川は居丈高《いたけだか》に言った。問答無用の捜査打ち切り宣言である。

弦一郎は、ははっと平伏した。敵は奉行を通して圧力をかけてきた。だがそれは弦一郎が正しい方角に向かっていることを示している。

奉行所の中でおきん殺しと、溝口式部の暗殺を結びつけて見ている者はいない。弦一郎が侘助に目をつけたことが、敵に脅威をあたえたのである。

敵は強権を発動して、弦一郎の動きを封じ込めようとしてきた。奉行所としての詮議は権力にものを言わせて封じ込められるであろう。

（だがおれの勝手な動きだけは止められねえぜ）

弦一郎は瀬川主馬の申し渡しを平伏して聞きながら、腹の中で笑っていた。一寸の虫にも五分の魂、虫の歯ぎしりがどんなものかおもい知らせてやる。

弦一郎は固く心に期した。

# 八

乳母おきん殺しの詮議は差し止められた。もはや表立っての捜査はできない。

弦一郎は陣場多門に、おきん殺しと侘助殺しの関連について自分の立てた推測を話し、協力を求めた。

弦一郎を尊敬している多門は、弦一郎の要請を歓迎した。

「敵はとてつもなく大物だ。それで祖式さんはどこから攻めるつもりですか」

多門は当然の質問をした。まともにいけば叩きつぶされるのは目に見えている。

この事件の詮議は、幕府にとって都合が悪いのである。幕府の体制の末席に列《つら》なる者として、幕府が中止を命じた捜査を続行することは、権力体制に対する謀叛《むほん》を意味している。

だが弦一郎には謀叛の意志はない。権力の陰に隠れて笑っている悪を引きずり出せばよいのだ。

「まずおきんが奉公に上がった駿河屋のお光の生死を確かめてえ」

「お光は身二つになってから、京都へ帰ったのではありませんか」

「そういう見込みもあるね。赤ん坊はどこかへ里子に出して、口を拭《ぬぐ》って京都へ帰ればだれにも知られることはねえ」

「京都へ帰ってしまっては、手を出せないでしょう」

相手は禁裏である。下々から切り放された雲の上のそのまた上である。

「だが天皇の女官ともあろう者が、武士と密通して孕《はら》んだ子を実家《さと》で窃かに産んだ後、口を拭って元通り宮中へ戻れるものかな」

弦一郎は首を傾げた。

たとえそのときはうまく隠しおおせたとしても、後々に露見したら一大事である。

宮中の天皇直属の女官は、まず商家の血統よりは採用されず、人臣の家庭に一度でも侍仕した経歴のある者も仕用の資格なしとされるほど、採用に際して厳格な身分資格を求められる。

「これが侍仕したどころか、武士と密通して子供を産んだとあっては、沙汰の外《ほか》です。万一露見すれば、駿河屋福右衛門の首が飛んだくらいではすまないでしょう」

「たとえお光が帰りたがっても、駿河屋や、もし織田若狭などが事情を知っていれば、帰さねえだろうな」

「溝口式部はお光の相手ですか」

「まだ確かめられていねえ。だがおそらく無関係ではあるめえよ。無関係なら侘助の口を閉ざし、詮議中止の仰せ出しがあるはずはねえ」

弦一郎の口調には自信がある。

「すると、お光はまだ駿河屋にいますね」

「その見込みが大きいね」

「なんとかお光が生きていることを確かめたいものですな」

「おそらく駿河屋の内部でも、限られた者しか知っちゃいめえよ」

「丁稚に聞いてもわかりませんかね」

「おれたちが嗅《か》ぎまわっていることを知られちゃならねえ。駿河屋に玉入《たま》れ（密偵を入れること）はできねえよ」

「それじゃあ、どこを突っつきますか」

「側衆取次の織田若狭守の屋敷に烏とか烏丸とかいう野郎がかくまわれているかもしれねえ。おれが耳朶を斬り落とした辻斬り野郎だ。そいつを捕まえればすべてが明らかになる」

「烏ですか」

「一筋縄じゃいかねえ相手だ。辻斬りを含めて、もう十何人も殺してる野郎だよ。こいつだけは絶対に許しておけねえ」

「織田若狭守の屋敷を見張りますか」

「相手に悟られねえようにな。相手だけじゃねえよ。奉行所内部にも知られれば、こちらが叩きつぶされる」

彼らが織田若狭守の屋敷を見張るということは、事実上不可能である。定廻りと臨時廻りの時間を盗んで、奉行から中止を申し渡された捜査を勝手につづけていることがわかったら、お役ご免になっても文句を言えない。

だが町方同心には、日ごろから目をかけて手なずけている手足が八方に伸びている。上は諸藩のお留守居役を通し、下は市井の庶民や目こぼしをした小悪党にまで広げた人脈が、同心の手足や目や鼻となってくれる。

そうでなければ、南北町奉行合わせて与力四十六騎、町方同心二百四十人の定員では、江戸府内の行政治安の任に当たれない。今日でいう同心のレポが江戸府内の隅々にまで、毛細血管のように張りめぐらされている。

当時の同心は、ＣＩＡやＫＧＢにも匹敵するほどの驚嘆すべき探索能力を持っていた。

奉行所は与力同心を統括しても、同心の探索力は町に密着して個人的に扶植したものである。圧力をかけて詮議を中止させても、彼らの探索力を阻むことはできない。

織田若狭守の屋敷は筋違橋《すじかい》の外にある。弦一郎と多門が若狭守の内偵を始めたとき、局面が大きく展開した。

十二月八日、江戸市中でその年の雑事をしまう事納《ことおさ》めの行事が行なわれる。市中の各所で笊《ざる》を棒の先に結んで、屋根の上に高く掲げる。この日、天から財宝が降り、笊で受けるという奇習である。

この奇習がいつごろから始まったのか定かな記録はない。

武家も町人もこの日、里芋、こんにゃく、人参、大根、焼き豆腐、赤豆などを具にした味噌汁をつくる。これをお事汁《ことじる》と呼び、この汁を啜《すす》ると正月が近づいたのを感じる。

弦一郎の組屋敷でもおこながお事汁をつくり、半兵衛と茂平次を呼んで四人で啜った。

「おこなちゃんのお事汁は一味ちがうね」

半兵衛がお世辞を言った。

「どうちがうのよ」

「一字ちがって、おこな汁だ」

茂平次が洒落た。

「おこな汁なんて、なんだか不味《まず》そう」

おこなが少し拗《す》ねた顔をした。

「とんでもねえ。おこなちゃんのお事汁は天下一品だよ」

半兵衛と茂平次が慌《あわ》てて言い直した。

お事納めが終ると、煤竹《すすたけ》を売りに来る。市中の各社寺で年の市が開かれる。年の市の幕開きは十四、十五日の深川八幡である。

十二月十五日朝、まだ組屋敷にいた弦一郎の許へ半兵衛が飛び込んで来た。

「旦那、大変《てえへん》だ。駿河屋がやられた」

眠気がまだ充分にとれぬままおこなが用意した朝餉《あさげ》の膳に向かっていた弦一郎は、愕然とした。

「なに、駿河屋がやられたと」

「へえ、昨夜店を閉めた後、大事な得意に会うといって店を出たまま帰《けえ》って来ねえので家の者が心配《しんぺえ》していると、今朝、弁慶堀の崖下に死骸《しげえ》が投げ棄てられていたそうです。後ろからばっさり、例の辻斬り野郎の斬り口とおんなじですぜ」

「しまった」

弦一郎は唇を嚙《か》みしめて立ち上がった。まさか駿河屋が殺されるとは予測もしていなかった。

「おれはこれから弁慶堀へ行く。おめえは多門さんに報せてくれ。おそらくまだ耳に入っちゃいめえ」

眠気が完全に覚めていた。

「旦那、ご飯はちゃんと食べて行ってくださいよ。外へ出たらいつ食べられるかわからないんだから」

おこなが呼び止めた。

「わかったわかった」

弦一郎は苦笑しながら膳の前に戻って、朝飯を掻《か》き込んだ。

## 九

門を出ると、半兵衛と共に小走りに走ってくる多門に出会った。

「駿河屋がやられたそうですね」

多門の表情も緊張している。

「うん。まさか駿河屋までやるとはおもわなかった。こいつは根が深《ふけ》えぜ」

「下手人は例の辻斬り野郎ですか」

「鳥を操《あやつ》っている野郎が後ろにいるな」

「織田若狭守ですか」

「まだなんとも言えねえ。若狭の家に鳥が隠れているのを確かめたわけじゃねえからな。だが片桐や侘助とつながっていることは十中八九《じっちゅうはっく》まちげえあるめえ」

「駿河屋までなぜ殺したんでしょう」

「お光と赤ん坊が危ねえな」

弦一郎が宙を睨《にら》んでつぶやいた。

「いまお光と赤ん坊が危ないと言いましたか」

「駿河屋がお光と赤ん坊をかくまっていたんだ。おそらく敵にしてみれば火種のお光と赤ん坊を始末してえところだったろうよ。それが実家の駿河屋の許へ逃げ込んでしまったので手が出せなくなった。駿河屋さえいなくなれば、お光はどのようにでも料理できる。畏《おそ》れ多くも天子様の侍女が江戸の武士《さむらい》と通じて子供を産んだとあっちゃあ、ただじゃあすまされねえ。まず武士を成敗してお光を始末してしまえば、死人に口なし、なんにもなかったことになる」

「すると、お光を始末するために邪魔な駿河屋を殺したと」

「そうとしか考えられねえね。最初にお光を消してしまえば、おきんも溝口も侘助も殺されずにすんだんだ。お光が腹の子を庇《かば》って駿河屋へ逃げ込んだもんだから、騒ぎが大きくなった。駿河屋が殺されたってえことは、お光がまだ生きている証拠だよ。お光が死んでいれば、駿河屋を消す必要はねえ。もともと死んだことにされているお光だ。駿河屋を殺した後、お光をゆっくり始末しても、だれもなんともおもわねえ」

彼らは間もなく弁慶堀に着いた。

井伊掃部頭の屋敷から松平安芸邸の前を通り、桜田御門へ至るまで堀に沿っている。

後年、幕末に桜田門外の変のあった所である。

この辺りの堀を弁慶堀と呼ぶ。大名邸が軒を連ね、堀を隔てて江戸城西丸である。昼でも人通りが少ない。

駿河屋の死骸は堀端《ほりばた》の道からサイカチの樹の生《お》い茂る土手の中腹に投げ落とされていた。発見したのは、門前を清掃していた松平安芸邸の小者である。

弦一郎一行が現場へ駆けつけたとき、松平家の下士が数人、堀端に立って死骸を監視していた。

当時、市中の道路で変死体が発見されると、それから最も近い家の者が役人が出役するまで死骸を管理する義務があった。だが死骸に触れたり動かしたりすることは許されない。

弦一郎らの姿に松平家の下士はほっとした表情を見せた。松平家にとっては招かざる客であり、厄介な荷物である。

茂平次が数人の手先を引き連れて先着していた。古権の姿はまだ見えない。足場が悪くて現場では検屍ができないので、手先が数人、土手の中腹へ下りて、死骸を堀端まで引き上げた。

駿河屋の死骸は右の肩を背後から袈裟懸《けさが》けに一太刀斬り下げられている。侘助やおきんと同じ斬り口である。

駿河屋自身、まさか自分が殺されるとはおもってもいなかったのであろう。まったく無防備のところを襲われた模様である。

「駿河屋ともあろう者が、夜間こんな寂しい所へ駕籠《かご》にも乗らずに来たのでしょうか」

多門がささやいた。

「ここで殺されたとは限らねえよ。どこかよそで殺しておいて、死骸をここへ運んで来たのかもしれねえ」

「棄てるに事を欠いて、どうしてこんな畏れ多いところへ棄てたんでしょうね」

茂平次が問うた。

「わからねえか。ここは将軍お膝元もいい所だ。町奉行の手の及ぶ所じゃあねえ。死骸だけ下げ渡して、詮議は無用という含みよ」

弦一郎がうっそりと笑った。

武家地や寺社地は町奉行の管轄外である。市中の道路は武家地の中であっても、町奉行の支配に委ねられているが、道路から一歩外《はず》れれば管轄外である。

下手人が死骸を堀端へ投げ棄てたのは、町奉行の詮議から切り放す意図であろう。だが変死体の死骸だけは奉行所へ引き渡される。奉行所が死体を収容して、身寄りの者があれば引き渡し、身許不明者は小塚原《こづかっぱら》に埋葬する。武家地で発見された変死体を奉行所に押しつけているだけである。

変死体は詮議の有無に関わりなく検屍をする。後ろ袈裟に一太刀、乳下まで一気に斬り下げている。見事な切り口であり、これまで弦一郎が確かめてきた十数件の斬り口と符合するものであった。

死体を丹念に検《あらた》めていた弦一郎の目が、死者がまとっている衣服の袖《そで》に止まった。当時、通人《つうじん》が着用した黒縮緬《くろちりめん》の小袖に、黒繻子《くろじゅす》の帯を巻き、裏に模様をつけている。その袖の袂《たもと》に何かがついている。弦一郎はつまみ上げた。

「なにかありましたか」

多門が弦一郎の手許を覗《のぞ》き込んだ。

「なにかの葉の断片らしい」

先端が尖《とが》っていて滑らかである。艶のある緑色を帯びている。

弦一郎は葉の断片を鼻の先に当てがった。

「抹香《まっこう》のようなにおいがするな」

弦一郎がつぶやいた。

「なんの葉でしょうね」

「こいつは樒《しきみ》じゃねえかな」

「しきみ？」

多門が記憶を探っているような顔をした。

「乳乳母が殺された三崎町の柏木の井戸のそばに、たしか樒が生えていたな」

「ああ、あの樒」

多門がおもいだした表情をした。

「江戸で樒は珍しい。だいたい樒は南の方に生《は》えるもんだ。するってえと、この死体《ホトケ》は
……」

弦一郎の目が光った。

「三崎町の樒の近くから運ばれて来たってわけですかい」

半兵衛が口を出した。

「とはまだ決めつけられねえが、江戸でほかに樒の生えている所があるか」

「さあ、樒なんてあんまり見かけませんね。三崎町に樒があるのも、おきんが殺されて初めて知ったくらいでさあ」

「それにしても駿河屋は三崎町界隈《かいわい》となにか関わりがあるのかな」

多門が首を傾げた。彼の疑問はすでに駿河屋の死骸が三崎町から運ばれて来た可能性を踏まえている。

「まだ樒が三崎町だけに生えていると決まったわけじゃねえ。樒は抹香や線香をつくる材料につかわれる。伽羅屋《きゃら》に尋ねれば、江戸の樒の所在地がわかるかもしれねえ」

伽羅屋は「誘死香」事件（第一巻収録）の被害者の家である。

十

「下手人の詮議をするつもりですか」

多門が驚いた顔をした。

死骸が発見された場所は、町奉行の支配地外である。江戸の管轄はまことに厳格で、他の支配地を絶対に侵さない。

こんなことがあった。谷中天王寺の山門で首吊りがあった際、首に懸けた縄が切れ、死体が落ちて足が山門の内へ、頭が外へ出た。一個の死体が上半身は町奉行、下半身は寺社奉行の管轄という奇妙なことになった。

両奉行ともできることなら変死体など受け持ちたくない。たがいに押しつけ合ったが埒《らち》が明かず、結局、幕閣の裁決で、「首吊りであるから、首のあるほうの所管である」ということになった。

だが駿河屋の死骸は武家地も武家地、将軍の至近距離の堀端で発見されたのである。

「不浄な死骸を畏れ多くも公方様のお堀端へ投げ込まれたとあっては、お堀端に向かい合っている松平様の面目が立つめえ。ご親藩といえどもどんなお咎《とが》めが下るやもしれねえよ。この死体は町地で発見されたんだ。さようでございますな、松平様のご家中」

弦一郎は松平家の下士に聞こえよがしに言った。

「いかにもさよう。死骸は門前の路上にあった」

松平家の下士が慌てて応じた。

変死体などできれば他の支配へ押しつけたい。まして、我が家の門前からお堀端へ投げ込まれたとあっては、将軍居城の親衛としての責任を問われても仕方がない。松平家としては町方が死骸を担当することになんの異議もあるはずがない。

弦一郎はまんまと駿河屋殺しの捜査権を掌中にした。町奉行に支配権があることは、松平家が証言するであろう。

弦一郎は駿河屋の死体を収容した後、件《くだん》の榁の葉を持って伽羅屋へ行った。

「これはこれは、祖式の旦那、ようこそお出ましくださいました」

伽羅屋は突然現れた弦一郎を、下へも置かぬようにもてなした。奥の客間へ上げ、早速酒肴《しゅこう》を運ぼうとする。

一人娘のおさきを殺した下手人を捕らえた弦一郎は、伽羅屋にとっては娘の仇《あだ》をとってくれた恩人である。

「かまわねえでくれ。そうもゆっくりとしていられねえんだ。今日はちょっと御用の筋で聞きてえことがあってね」

弦一郎は懐中から駿河屋の袖についていた件の榁の葉を取り出した。

「こいつをひとつ見てもらいてえ。たぶん榁の葉っぱだとおもうんだが、これがご府内近郊で生えている場所を知りてえんだが」

伽羅屋の主人は弦一郎の手から榁の葉を受け取ると、しばらく凝視して、そのにおいを嗅ぎ、

「この榁は江戸では三崎町の柏木の井戸にしか生えておりません」

と答えた。

「やっぱり三崎町だったかい」

「旦那はご存じだったので。この榕は、一見榕に似ておりますが、榕ではございません」

「榕ではねえと？」

「榕の近似種のダイウイキョウと申します。別名唐榕と申しますが、主に唐や南蛮の産で、日本産の榕と異なって毒を含んでおりません。料理の香料や、胃や風邪の薬に用いますが、三崎町の榕は実はこのダイウイキョウで、形が似ているところから榕と呼ばれているのでございます。だれが最初に植えたのか存じませんが、日本でダイウイキョウが根づいたのは珍しいことでございます。ダイウイキョウの実は食べられますが、榕の実は毒があり、形が似ているために誤って食べると中毒になります。三崎町の榕の実は近所の子供たちが食べているはずですが、中毒騒ぎが起きないのはダイウイキョウの証拠ですよ」

「忙しいところをすまなかったな」

弦一郎は用件をすますと、立ち上がった。

「旦那、せっかくお越しになったのですから、せめてご昼食でも召し上がって行ってください」

言われて、弦一郎はすでにそんな時刻になっていることに気づいた。

駿河屋福右衛門の死骸に付着していた榕の葉は、三崎町柏木の井戸のかたわらの榕と確かめられた。

彼の死骸は三崎町から運ばれて来た公算が大きい。あるいは下手人が三崎町で榕の葉を身体につけて駿河屋の死骸に移した可能性もある。

いずれにしても下手人は三崎町界隈に関わりのある人間であろう。

## 十一

弦一郎は榕の鑑定の後、本石町四丁目の駿河屋へ足をのばした。すでに駿河屋には報せが行っており、店はてんやわんやの騒動になっていた。

弦一郎が最も気にかけていたのはお光の安否である。

敵の狙いの本命がお光にあることは確かである。お光がすでにこの世の者でなければ、駿河屋を殺す必要はない。

駿河屋が娘可愛さでお光を庇護していたために殺されたのである。

だが駿河屋へ着いて、弦一郎は自分の危惧が的中したことを悟った。

当初、家の中にお光がいるはずだと弦一郎に糾問された番頭の伊兵衛は、

「お嬢様は産後の肥立ちが悪くて亡くなられました」

としらを切った。

「それなら仏間へ案内しろ。位牌があるはずだ」

「そ、それは、まだ四十九日が過ぎませんので、位牌ができておりませぬ」

「赤ん坊がとうに乳離れしているというのに、まだ四十九日が来ねえとは、ずいぶん遅い産後の肥立ちだねえ。それじゃあまだ納骨していめえから、骨壺を見せてもらおうか。線香の一本も上げてえ」

「お骨はお寺様に預けてありますので」

「それじゃあ菩提寺へ行ってみようかね。伊兵衛、ネタは上がっているんだ。しらを切っても無駄だぜ」

弦一郎に問いつめられて、伊兵衛はついに、

「申し訳ございませぬ。旦那様から固く言い含められておりましたので」

「それでお光はどこにいるんだ」

「それが今朝方、旦那様が亡くなられた報せが届いてから、姿が見えなくなりました」

「なんだと」

「今朝方までは確かにいらっしゃったのですが、大介様と一緒にお姿が消えてしまいました」

「なんだと。てめえ、口から出任《でまか》せを言っているんじゃあるめえな」

「滅相《めっそう》もない。旦那様を失った後、お嬢様母子《おやこ》のお姿が見えなくなりましたので、私どもも混乱しておるのでございます」

伊兵衛の表情に嘘はなさそうである。

駿河屋の混乱は主人を失い、お光と赤子が時期を同じくして行方不明になった二重の原因から発しているようである。

駿河屋を殺した敵は、弦一郎が駆けつける前に、逸速《いちはや》くその牙をお光母子に向けたらしい。

「しまった」

弦一郎は唇を嚙んだが、すでに侘助を殺されたときから敵に先手を取られている。

「たぶん烏の野郎の仕業にちがいあるめえ」

おおかたの下手人の目ぼしはついても、それは弦一郎らの手の及ばぬ雲の上に厚くかくまわれている。

さらに駿河屋の内儀おかねが厳しく糾問されたが、二人とも詳しい事情を報されてはいなかった。

「お光はさるやんごとなきお方のお手がつき、子供を産むために宿下がりしましたが、旦那様のお指図《さしず》で、大介を産み落とすと同時に、産後の肥立ちが悪く死んだことにするようにということでした。お光が生きていると、やんごとなきお方にご迷惑がかかるということで、お光はいずれしかるべきお方の養女にして嫁《とつ》がせ、大介は里子に出すつもりでした。それ以上のことはなにも知らされておりません」

おかねは答えた。

伊兵衛もおかね以上のことは知らされていないようである。

敵は駿河屋を殺したことによって、関係者の口を悉《ことごと》く塞ぐ断乎たる意志を示している。お光母子はおそらく助かるまい。

弦一郎は自分の無力を感じた。下手人は弦一郎の無力を嘲笑《あざわら》うように、次々に彼の前に死体を転がし、次に殺されるべき人間がわかっているのに、それを防ぐためになに一つできない。

それにしても敵の行動は素早い。駿河屋の血で塗られた刃が乾かぬ間に、お光母子にその刃を向けてきている。

打ちのめされて、弦一郎はひとまず奉行所へ帰って来た。

彼の帰りを意外な訪問者が待っていた。死んだおきんの亭主松吉である。弦一郎の耳に入れたいことがあるという。

町奉行所表門向かって右側の潜り小門は昼夜を問わず閂《かんぬき》を掛けない。この小門は駆っ込みと呼ばれる駆け込み訴え専門に開放している。

松吉は早朝、この潜り小門から駆け込んで来て、弦一郎の耳に入れたいことがあると言って待っていた。

当番与力が代わって聞こうと言っても、弦一郎に直接話したいと言って、同心詰所に待たされていた。

弦一郎が同心詰所に入って行くと、松吉はほっと救われた表情をして、

「大変でございます。実は……」

と言いかけて、かたわらに陣場多門がいるのに気づいて、口をつぐんだ。弦一郎一人の耳に入れたいらしい。

その表情を見ても、彼が容易ならぬことを注進に及んで来た気配がわかる。

「陣場さんならおれと一心同体の仲だ。案ずることはねえよ」

弦一郎が言ったので、ようやく安心した表情になって、

「実は、今朝方早く駿河屋のお光様が和子《わこ》様を抱いて私の家に駆け込まれて来ました」

と声をひそめて言った。

「なんだと」

さすがの弦一郎も我が耳を疑った。

「それは確かか」

弦一郎は確かめた。

「このようなことを嘘や冗談では申しません。ご府内に身を寄せるべき場所もなく、おきんをおもいだして、私の家へ身を寄せて来られたのです。和子様の命が狙われているとおっしゃって」

「それで、いまでもおめえの家にいるのかい」

「私の家にかくまっております。とはいえ九尺二間の裏長屋で、あのような高貴のお方をかくまいきれません。思案《しあん》に余って、祖式様のお耳に入れたいとおもいまして」

「よくここへ来た。これからすぐにおめえの家へ行こう」

弦一郎は席の温まる間もなく立ち上がった。

お光母子が無事であったのは奇跡である。彼女は父が昨夜帰宅しないところから、危

険を感じ取ったのであろう。唯一の庇護者である父がいなくなれば、敵の魔手は直《ただ》ちに母子に迫る。

母性本能から子供だけでも救おうと、窮余の一策でおきんの家へ救いを求めて来たのであろう。駿河屋の親戚や友人、知己には敵の手がまわっている。

だがおきんの家も安全ではない。江戸屈指の大店《おおだな》の令嬢で、禁裏の女官が裏長屋へ掃《は》き溜《だ》めに鶴のように舞い降りれば、たちまち目立ってしまう。

駿河屋福右衛門はおきんが殺された現場に生えている樒の葉を死骸につけていた。敵はその界隈に潜んでいる公算が大きい。

三崎町の樒から、松吉の家は目と鼻の間である。一刻も早くお光母子を保護しないと、駿河屋の犠牲が無になってしまう。

「音松はどうした」

根津へ急ぐ途上で、弦一郎は松吉に聞いた。

「お光様が見てくださっています」

「そうか」

弦一郎は道を急ぎながら、しきりに胸騒ぎをおぼえた。侘助の居所がわかったとき、敵に先まわりをされた。お光母子も敵に先手を取られなければよいが。

裸の羊が三匹、牙の先から涎《よだれ》を垂らしている狼の前に放り出されているような不安が、胸の中で揺れている。

町には師走の木枯《こが》らしが吹き募《つの》っていたが、根津門前へ着いたときは、全身が汗ばんでいた。

長屋の中は平穏で、騒動の起きた気配はない。松吉が表の障子を開くと、四畳半一間の座敷で、音松とお光の子の大介が一緒に遊んでおり、お光が猫の額のような勝手に立っていた。

竈《かまど》に釜がかけられ、香ばしい飯を炊くにおいと、味噌汁の香りが屋内に漂っている。

「お帰りなさいませ。差し出がましいとはおもいましたけれど、あり合わせのものでご飯をつくっておきました」

お光が折目正しく迎えた。

「お嬢様、そんなことをなさってはいけません。もったいなくて喉を通りませんや」

松吉が恐縮した。

どうやら敵の魔手はまだ及んでいなかったらしい。お光は松吉の背後から入って来た弦一郎と陣場多門の姿に束の間身構えた。

「南町奉行所同心祖式弦一郎、こちらは陣場多門と申す」

か」


弦一郎らは素性《すじよう》を明らかにした。かたわらから松吉が、

「この旦那方はお嬢様のお味方です。殺されたおきんの詮議をしてくださっています」

松吉がかたわらから言葉を添えたので、ようやく身構えを解いた。

「少々お尋ねしたいことがありますが、まずどうして松吉の家へ逃げ込んで来たのですか」

おおかたの事情は察していたが、弦一郎は確かめた。

「この子を身籠ったときから、命を狙われておりました。京都にいてはこの子を産むことができません。病気を口実に宿下がりして産んだのですが、私が実家に逃げて来たために、父を苦しい立場に追い込んだようです。父が昨夜から消息を絶ったとき、このまま実家にいては大介を殺されるとおもって、おきんさんの家へ逃げて来たのです」

「おきんが殺されたことは松吉から聞いたのですか」

駿河屋の内部に閉じ籠っていては、そのような情報から遮断されていたはずである。

「手代の三五郎が私に同情してくれまして、そっとおしえてくれました」

「これは最も大切なことですが、どうしてお嬢さんとご子息の命が狙われているのですか」

「この子が生まれては、都合の悪い方がおられるのです」

「都合の悪い方とは、大介さんの父親ですね」

お光はうなずいた。

「その父親というのはだれですか」

「それは申し上げられません」

お光が首を横に振った。

「溝口式部様ですか」

「いいえ、ちがいます」

お光ははっきりと否認した。

「溝口様ではない……」

お光の表情は嘘をついているようには見えない。弦一郎の推測が崩れた。

お光の相手が溝口式部ではないとすると、弦一郎が組み立てた事件の構図は大きく崩れてしまう。

「お光さんは駿河屋さんの行き先になにか心当たりがありますか」

弦一郎は質問の矛先《ほこさき》を転じた。彼女はまだ父が殺されたことを知らないらしい。

「存じません。でも父の身になにかよくないことが起きたような気がします。父の行方をご存じですか」

お光が問い返した。

「いずれはお話ししなければならないことですから心を落ち着けて聞いてくださいよ。大介さんに悟られちゃならねえ」

「やっぱり父の身になにかあったのですね」

お光の面が不安の色に厚く塗りつぶされた。

「今朝方、弁慶堀で変わり果てた姿となって見つけられました。下手人はおきんを斬った人間と同じです」

「父が……」

お光は絶句した。目尻に涙が溢《あふ》れて、頰に筋を引いた。

「お父上の死骸には榴の葉がついていました。その榴の葉はおきんが殺された場所に生えていた榴の葉でした。お父上もおきんがあやめられた近くで斬られ、弁慶堀へ運ばれて行ったにちげえねえ。どうも榴の近くに下手人の巣があるらしい」

弦一郎はそう言ってお光の表情を探った。

涙に濡れたお光の顔色が動いた。四畳半の座敷では、共に片親となった二人の子供が仔犬のようにじゃれ合っている。

「いま気がついたことだが、三崎町の地つづきに、たしか常州三万石秋田右近将監様のお屋敷がありましたね」

弦一郎に指摘されて、お光がうつむいた。

「秋田右近様はたしか二年前《めえ》、勅使饗応役をお務めになったはずだ。溝口式部様は秋田様の補佐役でしたね」

お光は顔をうつむけたまま答えない。

「そうか、そういうことでしたか。大介さんの父上は秋田右近将監様でしたか」

「ちがいます」

お光は否定したが、その声に力がない。

「お嬢さん、よく思案してくだせえよ。おめえさんが庇っている相手は、あんたの親父さんを殺し、いまあんたと大介さんの口を塞ごうとして血眼《ちまなこ》になって追いかけているにちげえねえ。勅使饗応役が勅使に随行して来た帝《みかど》の御侍女を孕ませたとあっちゃあ、ただではすまねえ。下手をすれば常州三万石のお家取りつぶしだ。そこで事情を知っている溝口式部を殺し、あんた方親子をかくまっている駿河屋さんを殺した。我が身可愛さから、あんたと血を分けた我が子まで手にかけようとしているんだぜ。そんな野郎を庇う必要はねえ。あんたが口を開けば、秋田右近も無事にはすまねえ。あんたがすべてをばらすことが、大介さんを救うただ一つの道なんだぜ」

弦一郎は言った。お光はうなだれた。

秋田右近将監の屋敷は松吉の家から指呼《しこ》の距離にある。ここにいてはお光母子の安全を保障できないので、弦一郎は説得して、お光母子をひとまず八丁堀の自分の組屋敷にかくまうことにした。そこも絶対安全というわけではないが、少なくとも松吉の家よりは安全である。

「半兵衛、茂平次、あとを尾《つ》けているやつがいねえか、よく見張ってろ」

弦一郎は二人の子分に命ずると、町駕籠を呼んで母子を八丁堀の組屋敷へ運ばせた。

ひとまずお光母子を自分の組屋敷にかくまった弦一郎は、お光を説得した。

「このままいつまでも隠れつづけているわけにはいかねえよ。敵も必死だ。どんなことをしてもおまえさんたち母子の口を塞ごうとするだろう」

「では、どうしたらよろしいでしょう」

お光もようやく弦一郎の説得に引き込まれてきた。

「戦うんだよ。親父さんの死を無にしねえためにも。あんたら母子が生き残るためには戦う以外に道はねえ」

「でも私たちにはなんの力もありません。どうやって戦ったらよいのでしょう」

「おれが付いている。大介さんの父親のところへ乗り込むんだ」

「乗り込む？　あの方のお屋敷へですか」

お光の表情が驚愕した。

「そうだよ。おれたちが屋敷の門前まで付いて行ってやる。おめえさんたち母子が帰って来なかったら、大目付《おおめつけ》へ訴え出るという姿勢を示せば、いかに大名でもおめえさんたちには手は出せねえ」

「あのお方のお屋敷へ押しかけて、どうすればよろしいのですか」

「父親に会って、大介さんに父子の名乗りをあげさせるのよ」

「そんなことを許すはずもありません」

「だろうな。でも屋敷へ押しかけるだけで、相手は震え上がるだろうよ。奉行所が付いていると知れば、今後おめえさんたち母子には手を出すめえ。それが狙いだ」

弦一郎が考え出した窮余の一策である。

秋田右近将監が駿河屋や溝口式部を斬った確証はない。だが勅使饗応役と勅使に随行した官女が通じて身籠った上に、子を産んだとあっては、一大事である。

そこで将監は織田若狭守に泣きついて、事件の揉《も》み消しを謀《はか》った。だがその事実を饗応役補佐の溝口式部に知られてしまった。いかに事件を揉み消すためとはいえ、将軍直属の高官を殺害してしまったのである。

この事実が表沙汰になれば、右近将監はもちろん、織田若狭守も無事ではすむまい。事はおそらく秋田右近将監の保身から発したことであろう。これに朝幕の取次役である織田若狭守が加担した。

幕閣には意欲充分な大目付もいる。硬骨の大目付の許へ弦一郎が訴え出れば、一連の事件を追及されるかもしれない。これは敵が最も恐れるところである。

一介の吹けば飛ぶような町方同心であるが、駿河屋殺しの捜査権を手に入れた上に、お光母子という生き証人を得た。

「怖がることはねえ、相手が三万石の大名なら、こちらは天皇様の御侍女だ。お光さんはまだその身分を失ったわけじゃねえ。八丁堀の同心が帝の御侍女が屋敷へ入ったところを見届けていれば、手出しはできねえよ」

弦一郎に励まされて、お光は勇気を奮《ふる》い起こした。

逃げてばかりいても、母子に生きる道はないことに気がついたのである。大介の進路を切り開いてやるためには、大介の父親の許へ乗り込む以外にない。

弦一郎と陣場多門、および半兵衛、茂平次の四人に護衛されて、お光母子は三崎町の地つづきにある秋田右近将監の屋敷へ赴いた。

「わらわは蔵人正六位上織田光子と申す禁裏の御用を承《うけたまわ》る者。当家の主秋田右近将監忠長様に折入ってお目通《めどお》りいたしたき儀があってまいりました。取り次いでたもれ」

お光が門番に告げたものだから、門番は仰天した。

町駕籠からいきなり宮廷の女官が下り立って、主人に面会を求めて来たのである。

お光母子二人だけであれば、頭のおかしくなった女が子供を連れて迷い込んで来たと門前払いを食わされるところであろう。だが母子の背後から弦一郎が、

「拙者らは南町奉行所の手に付く、同心にござる。大目付の特命により、六位女蔵人光子の方様の警護を申しつけられてござる。ご当家殿様にお目通りの上、お下がりのときまで門前にてお待ち申し上げまする」

弦一郎が腰の後ろに差した九寸の朱房の十手《じって》をちらつかせて挨拶したものだから、

「暫時、暫時お待ちください」

門番は蒼惶《そうこう》として奥へ取り次いだ。さざ波のような騒ぎが全邸に広がる気配が感じ取れた。

間もなく用人らしい武士が出て来て、

「拙者は江戸家老川口伊織にござる。殿はただいま不在にございますれば、拙者が代わ

って御用向きを承りたい」

と言った。

「殿様に直々《じきじき》でなければ申し上げられませぬ。殿ご不在とあれば、お帰りまで待たせていただきます」

お光は言った。川口伊織の表情が困惑した。

「いかなる御用向きかもわからず、お待ちいただくわけにはまいりませぬ。なにとぞ御用向きを拙者に申し伝えられますように」

伊織は言った。

「お控えなさい。わらわは帝に侍《はべ》って、その御用を承る者。いわば勅使に準ずる者じゃ。其方ごとき陪臣に申し伝えられることではない。もし主人不在にて会えぬとあれば、後に禁裏および公儀からいかなるお咎めが下っても知りませぬぞ。駿河屋福右衛門の衣服に、当家地つづきの樒の葉がついておったと主人に申し伝えよ。されば他出先から直ちに馳《は》せ戻るであろう」

お光はあらかじめ弦一郎から言い含められていた台詞《せりふ》を言った。

川口伊織が事情をどの程度まで知っていたかわからないが、彼の顔色が紙のように白くなった。

「されば、暫時邸内にてお待ちくださいませ」

伊織はしぶしぶとお光母子を導き入れた。

弦一郎と多門、半兵衛、茂平次の四人は門前に控えて待っている。

大目付から警護を命じられた町方の役人とあっては、秋田家としても疎略には扱えない。市中ＶＩＰの護衛は町奉行所役人の役目である。

将軍お成りの警戒のときですら、お成り先着流し御免の着流しスタイルで大名屋敷の門前に控えていると、家中に無言の圧力をかけた。

奉行所役人は大名や武士に手は出せない。だが、大名を監察する大目付の命によって宮中の女官を護衛して来た町方同心となると、大名にも恐持《こわも》てする。

大名にとって大目付は最も怖い存在である。将軍に直訴《じきそ》できる資格を持ち、老中の支配下にありながら、逆に老中すら監察した。

大目付に睨まれたら、老中、大名といえども首が危なくなる。それほどの権限を大目付は有している。

大目付云々《うんぬん》はもちろん弦一郎のハッタリであるが、時に要人警護の下知は、大目付から町奉行所へ下されるので、秋田家の家中は信じた。

奉行所へ問い合わせたところで、陰供と呼ばれる組織を通さぬ隠密《おんみつ》警護もあるので、秋田家が奉行所に確認できないことも見通している。

邸内で右近将監とお光母子がどんなやりとりをしているのかうかがい知ることはできなかったが、大目付の下知による（という）弦一郎ら護衛が表門に控えている限り、お光母子に手は出せない。

一刻《いっとき》（二時間）ほどしてお光母子は下がって来た。川口伊織が恭《うやうや》しく先導している。お光の表情を見て、会見が上首尾に終ったことが察せられた。

おそらく右近将監はお光に押しかけられて、彼女との関係が大目付の知るところとなったかもしれないと震え上がったであろう。弦一郎が読んだとおり、大目付の下知による護衛は、葵《あおい》の印籠《いんろう》のように効果があった。

お光は弦一郎らに守られて駿河屋へ帰った。途上、お光は右近将監との会見の結果を報告した。

「私はあの方に今後、大介と私に手を出さなければ、大介の父親がだれであるか、終生漏らしませせぬと伝えました。あのお方は終始無言でした。私は京都へは戻りませぬ。大介と共に江戸の町で暮らしてまいります。今後、あのお方は二度と私たち母子に手出しいたしますまい。これもみな祖式様のおかげでございます。

父の仇を討ちとうはございますが、私の父の仇はこの子にとっての父親。せめて子が父親の刃から逃げまわる必要のない約束を取りつけられただけでも、満足しなければなりません。祖式様のご恩は終生忘れませぬ。本当に有り難うございました」

お光は心からの謝意を表して、駿河屋へ帰った。

「旦那、あの母子はこれからどうなるんでございましょうねえ」

半兵衛がその後ろ姿を見送りながら言った。

「幸せになるだろうよ」

弦一郎はぼそりとつぶやいた。

「秋田右近将監はもう手出ししねえでしょうか」

茂平次はまだ心配そうである。

「そのために我らが付いておるのではないか」

弦一郎が言った。

いざとなれば、町方同心とて奉行を通して大目付へ訴え出る道は残されている。奉行はくるくる転任して行くが、与力同心はお抱え席で、一代限りに務める。

町方役人は奉行の手に付くのではなく、奉行所に付いているのである。たとえ当代の奉行が握りつぶしても、次の奉行が取り上げるかもしれない。

その可能性があるだけでも、秋田右近将監にとっては終生の脅威である。

彼らが権力にものを言わせて圧力をかけてきたのが、権力の返り討ちにあった形である。

お光は自分の口から大介の父親の名を言うことはなかった。保身のために我が子に刃を向けるような男と情を通じたことを恥ずかしくおもっているようである。

お光の黙秘によって真相は闇に封じ込められた。弦一郎はお光母子の生命を購《あがな》ったことで、もってよしとせねばならなかった。

これは後日談であるが、秋田右近将監は後年、不行跡を理由に切腹を命ぜられ、家名は断絶、家禄は没収された。

# 愛の串

# 一

松が取れ、ようやく屠蘇《とそ》気分が覚めてきた一月十七日の夜、神田橋の河岸で喧嘩が発生した。喧嘩の原因は些細なことらしい。

鎌倉河岸ですれちがいかけた三人の浪人と三人の町人が口論を始めると、斬り合いになった。

三人の町人はそれぞれ護身用の匕首《あいくち》や脇差しでけなげに渡り合ったが、大刀を擁する浪人に、次第に斬り立てられた。

まず最初の町人が地上に斬り倒され、それでなくても分の悪い町人が、絶対的な劣勢となった。

第二の町人が地上に伏して、残った最後の町人に三人の浪人の刃《やいば》が集まった。

三人目の町人はなかなか手強《てごわ》かった。全身膾《なます》のように斬り裂かれながらも、匕首で必死に応戦し、三人の浪人に傷を負わせている。

ついに三人目の町人も衆寡《しゅうか》敵せず、斬り捨てられた。

「くそ、手を焼かせおって」

三人の浪人も町人の返り血と、自らの血で朱を浴びたようになっている。

彼らは捨て台詞《ぜりふ》を吐くと、肩を貸し合いながら現場から立ち去って行った。

現場は鎌倉河岸と呼ばれる神田橋の河岸で、豊島屋《としまや》という酒屋の近くである。

この酒屋は家康の入国前から江戸の豊島村に住んでいた古い酒屋である。店半分で酒を商い、他の半分で豆腐をつくり、田楽《でんがく》を焼いている。

豆腐は元値、酒も安く売ったので、江戸の町人の溜まり場のようになっていた。

各種職人、馬子、駕籠《かご》舁《か》き、船頭、中間《ちゅうげん》、お店者《たなもの》等から、各藩の江戸常詰めの下級侍や勤番者までがここへ酒を飲みに来た。

これを目当てにさまざまな行商人が集まって来たので、豊島屋の店先は市が立ったような状況になった。

斬られた三人の町人は、豊島屋で酒を飲んでの帰途、浪人三人組と鉢合《はちあ》わせしたらしい。

同じように豊島屋で飲んだ者が何人か目撃していたが、浪人組は鎌倉町と三河町との間の路地から出て来て、町人組と遭遇した。

三河町の先には雉子《きじ》町と佐柄木《さえき》町の丹前風呂がある。ここは六法《ろっぽう》者と呼ばれる伊達者の遊び場所である。

風呂屋には湯女《ゆな》を置き、客の背中を流し、座敷では三味線を弾き、歌を歌い、客の求めに応じて春を鬻《ひさ》いだ。

浪人組は丹前風呂で遊んでの帰途らしかった。

たまたま行き合わせて喧嘩を見ていた通行人は、浪人組が立ち去った後、地上に倒れている三人の町人のかたわらへ恐る恐る近づいた。

最後に斬られた町人は、虫の息ながら生きていた。

「おい、しっかりしろ。名前は？　住まいはどこだ」

同じ豊島屋で飲んでいた通行人は、虫の息の町人に呼びかけた。

「風呂……」

町人が苦しい息の下から必死に言葉を押し出した。

「風呂？　風呂がどうしたんだ」

「風呂へ入《へえ》っちゃならねえ」

町人は必死に言うと、口からごぼと血の塊を吐いて、こと切れた。

その後、いくら呼びかけても返答はない。

二

半兵衛から報《しら》せを受けた祖式《そしき》弦一郎が組屋敷から直接現場へ駆けつけて来たときは、五つ半（午後九時）をまわっていた。

すでに古町《ふるまち》権左衛門が下駄六を従えて検屍に当たっている。

「喧嘩だな。町人風情が侍相手に匕首振りかざして喧嘩をするから、こんな様になる」

権左衛門は事もなげに言った。

「死体《ホトケ》の身許はわかりましたか」

弦一郎は尋ねた。

「竪大工《たてだいく》町に住む大工の留吉と、多町《たちょう》の八百屋清八と、銀　町《しろがねちょう》の錺《かざ》り職伊助ということだよ」

留吉は竪大工町の大工の名人木兵衛に弟子入りして、見事に苦しい修業を勤め上げ、一本立ちして間もないひとり大工である。

「行きずりの喧嘩にしては、傷も多いし、斬り口が深い。これはただの喧嘩じゃなさそうだな」

弦一郎の目が光ってきた。

喧嘩の場合は、たいてい相手を殺す意志はない。相手が傷ついて戦闘力を失ってしまえば、一方の当事者も逃げてしまうものである。

それがいずれの斬り口も、初めから殺意を持っていたかのように深い。特に留吉は奮闘したらしく、全身膾のように斬り裂かれている。

「こいつら三人とも町道場へ通《かよ》っていて、かなりの天狗になっていたらしい。浪人相手に喧嘩などしやがるから、生兵法《なまびょうほう》は大怪我のもとどころか、命を失う羽目になりやがった。馬鹿なやつらだよ」

古権《ふるごん》は吐き捨てるように言った。

最近、町人だてらに町道場へ通って、剣術を習う者が増えている。そんな風潮を苦々《にがにが》しくおもっているらしい。

「喧嘩の原因はわかりましたか」

「酔った浪人組が因縁をつけてきたらしいな。いずれも腕におぼえのある連中だから、喧嘩を売られて、買ったというわけだ。留吉が死に際《ぎわ》に妙なことを言ったらしい」

「なんと言ったんで」

「風呂に入《へえ》るなと言ったそうだよ」

「風呂に入《へえ》るな」

それだけではなんのことかわからない。

「喧嘩を見ていた者はいるのですか」

「自身番に留めてある。あんたが自分で聞いてみな」

古権が顎をしゃくった。

町内の自身番には、たまたま行き合わせて喧嘩を目撃した通行人が数人、留め置かれていた。

彼らは行き合わせたのが身の不運とあきらめているようである。

「留吉が今際《いまわ》の際に風呂へ入《へえ》るなと言ったのを聞いたのはだれだ」

弦一郎は自身番に留められていた町人たちに聞いた。

「へえ、あっしで」

一人の胸の筋肉の盛り上がった若者が名乗り出た。

「名前《なめえ》は」

「三蔵と申しやす。豊島屋から空《あ》き樽を買って運んでいる船頭でございます」

と町人は名乗った。

豊島屋では毎日たくさんの空き樽が出る。この空き樽がいい儲けになるので、酒も元値で売っても充分採算が取れる。三蔵はこの空き樽船の船頭であった。

「おめえ、たしかに留吉が風呂へ入《へえ》るなと言ったのを聞いたのかい」

「へえ、まちがいございやせん。あっしが駆けつけたときはまだ虫の息があって、初めに風呂と言って、あっしが聞き返すと、風呂へ入《へえ》るなと言いやしたんで」

「おめえ以外に、だれか留吉の言葉を聞いたか」

「この連中がそばに居合わせやしたが」

三蔵は一緒に自身番に留め置かれた数人の町人に目を向けた。

「おめえたちも聞いたか」

「あっしも聞きましたよ。たしかに風呂へ入《へえ》るなと言いました」

「おめえは」

「馬方《うまかた》の甚兵衛と申しやす」

「甚兵衛か。ほかの者はどうだ」

留吉の遺言を聞いたのは、三蔵と甚兵衛の二人だけであった。

「ほかに斬られた清八と伊助は、なにも言わなかったか」

「あっしらが駆けつけたときは、二人はこと切れておりやした」

三蔵が言った。

「だれが最初に斬られたんだ」

「この男です」

三蔵が清八を指さした。

「すると、二番目に伊助が斬られ、最後に留吉が斃《たお》れたんだな」

「そうです」

他の者もうなずいた。

「するってえと、一人残った留吉を浪人が三人がかりで斬ったというのかい」

「そうです。あっしらもなんとか助けてやりたかったんだが、なにしろ浪人が三人、段《だん》平《びら》振りまわしておりやすんで、近寄れませんでした」

「喧嘩なら、清八と伊助がやられたとき、勝負はついている。留吉まで斬る必要はねえだろうに、こいつはただの喧嘩ではなさそうだな」

弦一郎は宙を睨《にら》んだ。

行きずりの喧嘩が、相手のグループを皆殺しにしたというのは穏《おだ》やかではない。

「浪人たちもだいぶ斬られていたようです」

三蔵が口をはさんだ。

「留吉たちは匕首で渡り合ったようだな」

「へえ、この連中に刀を持たせたら、勝負はどうなっていたかわかりやせん。町人とみて馬鹿にしてかかったところが、意外に腕が立つので、浪人たちもむきになったのかもしれませんよ」

「浪人たちの怪我はどんな具合いだった」

「特に一人がひどく手負《てお》って、仲間二人の肩を借りて立ち去って行きやした」

「旦那、あっしらを帰してくれませんか。あっしらは、ただ通り合わせただけの者で……」

三蔵が言った。

「おう、引き止めてすまなかったな。お上の御用だ。堪《こら》えてくれ。またなにかあったら聞くことがあるかもしれねえ」

弦一郎は彼らに礼を言って帰した。

そのとき慌《あわただ》しい足音がして、若い女の泣き声が聞こえた。

見ると、若い町娘が留吉の死骸に取りすがって泣いている。

「だれだい、あの娘は」

弦一郎が問うと、

「留吉の許嫁《いいなずけ》のお稜《りょう》という娘だそうです。なんでも近く祝言《しゅうげん》をあげる予定になっていたそうで」

茂平次が痛ましげな表情で言った。

古権と下駄六はすでに引き上げたらしく、姿は見えなかった。

喧嘩沙汰の挙げ句の殺しでは、下手人を捕らえてもさしたる手柄にはならない。浪人三人組となれば、隠れるところも限られる。下手人を挙げるのは時間の問題とみて、さっさと引き上げてしまったらしい。

「お稜さんとやら」

弦一郎は身も世もあらぬように泣き崩れているお稜に呼びかけた。

十八、九歳の美しい娘で、悲嘆に打ちひしがれている様は、風雨に打たれている可憐な花のように痛々しい。

「おめえさんの気持ちはわかるが、いつまで泣いていても留吉がよみがえるわけじゃねえ。留吉を斬った下手人を捕まえるのがなによりの供養というもんだぜ」

「だれが留吉さんをこんなひどい目に遭《あ》わせたのですか」

留吉の死骸に取りすがって泣いていたお稜は、涙に濡れた目を弦一郎の方へ向けた。

「下手人を捕まえてもらいたかったら、聞かれたことに答えるんだ。留吉は喧嘩っ早かったのかい」

弦一郎は問うた。

「そんなことはありません。自分の方から喧嘩を売るようなことは決してありませんでした。でも正義感が強くて、弱い者がいじめられているのを見ていると、黙っていられない性質《たち》でした」

「他人《ひと》から怨まれるようなことはなかったか」

「男気《おとこぎ》の強い人で、他人から感謝されこそすれ怨みを買うようなことはありませんでした」

「男気が強くて、逆怨《さかうら》みされるということもあるんじゃねえのかい」

「私と所帯を持つことを約束してから、おとなしくしていましたから、そういうこともないとおもいます」

お稜は涙ながらに訴えた。

清八と伊助についても、生前、怨みを含まれるようなことがなかったか調べられた。

だが二人とも真面目な働き者で、近所づき合いもよく、仲間からも好かれていたことがわかった。

斬られた三人は住居が近く、幼いころから遊び仲間であった。

二年ほど前から留吉が誘って、永富町に道場を開いている一刀流の剣術指南中村源右衛門に弟子入りしていた。

特に留吉の上達は目ざましく、すでに目録並みの腕前であったという。

古町権左衛門が下手人を挙げるのは時間の問題と楽観していたが、下手人の行方は杳《よう》として知れなかった。

ごろんぼ浪人の転がり込む先はおおむね相場が決まっている。本所御家人や生臭坊主《なまぐさぼうず》の寺の賭場にもぐり込んで、奉行所の手が届かないのをよいことに、悪事を恣《ほしいまま》にする。

犯罪人が御家人の家や寺へ逃げ込むと、奉行所の治外法権地域となり、町方には手は出せない。

このような場合は、目付や寺社奉行に頼んで、門前に突き出させたり、その了解を取って手入れをする。

だが緊急の際、このようなまわりくどい手つづきを踏んでいては下手人に逃げられてしまう。

こんなとき、犯罪者が逃げ込んだ先に顔がきけば手っ取り早い。

本所南割り下水には一色《いっしき》右京が住んでいる。右京とは本石町《ほんごく》の茶問屋駿河屋殺しで知り合ってから、肝胆《かんたん》相照らすものをおぼえた。

また蔵前の名刹《めいさつ》永楽寺には小町娘かどわかし事件（第一巻「誘死香」）以来、弦一郎の睨みが利《き》く。

この筋から御家人と寺を探ってみたが、浪人三人組が逃げ込んだ気配はなかった。

「やつらはいずれも手負っている。高飛びできるはずがねえ。きっと江戸のどこかに潜んで傷の手当てをしているにちげえねえ」

と弦一郎は睨んだ。

御家人や寺にしても、現に奉行所の追及を受けている凶悪犯罪者をかくまうような、火中の栗を拾うはずがない。またそれを拾えば一色右京と永楽寺の筋から必ずわかるはずである。

「留吉らを斬った浪人どもには、だれか付いているな」

弦一郎は言った。

「だれが付いているんですか」

弦一郎のつぶやきを聞き止めた半兵衛が問うた。

「考えてもみなよ。一人は自力で歩けねえほど手負っていたそうだ。そんな連中が奉行所の詮議をかいくぐっていつまで潜んでいられるはずがねえ。やつらをかくまっている人間がいるんだ」

「喧嘩をして怪我をしたごろんぼ浪人を、だれがかくまうんですかい」

「浪人どもに留吉たちを斬らせたやつだよ」

「留吉たちを斬らせた？　喧嘩じゃなかったんですかい」

「喧嘩なら三人皆殺しにするはずがねえ。最初から三人を斬り殺すつもりでしかけてきたんだ」

「どうしてそんなことをするんで。留吉、清八、伊助、三人とも他人の怨みを買うような人間じゃありませんぜ」

「そいつはわからねえよ。怨み以外に、三人の口を塞がなければならねえ事情があったかもしれねえ。そいつが浪人を雇って、留吉たちを斬らせた……」

「旦那は浪人がだれかに雇われたとおっしゃるんで」

「雇ったやつにかくまわれていなければ、奉行所の詮議を躱《かわ》して隠れ切れねえよ」

「どうして留吉たちの口を塞がなければならなかったんで」

茂平次が口を出した。

「そいつをこれから洗い出すんだ。おめえたち、留吉、清八、伊助、この三人が最近出入りした先、つき合っていた人間、仕事の頼まれ先などを調べ上げてくれ。特に留吉が今際の際に言い残した、風呂へ入《へえ》るなという言葉が気にかかる。近ごろ留吉が風呂場の普請を頼まれなかったか、調べてみろ」

弦一郎は半兵衛と茂平次に命ずると、自分は行く当てがあるように立ち上がった。

三

一月も二十日《はつか》を過ぎると、江戸の町は気が抜けたようになる。

二十日は二十日正月と言って、元日《がんじつ》と同じように朝は雑煮を食べ、庶民は仕事を休む。町の辻では子供たちが羽根を突く。二十日をもって正月行事の一切が終る。つまり、この日が正月の打ち上げ日である。

江戸の武家や町家の門口に立てられた注連飾《しめかざ》りや松飾りは、十五日までにはおおかた取りのけられて、江戸の町を彩《いろど》った白酒売り、福寿草売り、扇売り、獅子舞、三河万歳《みかわまんざい》、猿回し、太神楽《だいかぐら》などもあらかた姿を消した。

初荷で賑わった大店の店頭も、魚河岸《うおがし》の初売りも、加賀鳶《かがとび》、町火消しの出初《でぞ》めも終り、町は祭りの後のように寂しい静けさに返る。

二月の初午《はつうま》を当て込んでの太鼓売りはまだ現れない。一月二十日以後、月末にかかる数日は、江戸の町の空白期である。

空《から》っ風だけが吹き抜ける白く乾いた通りを歩いて弦一郎が赴いた先は、長谷川町の藤《ふじ》崎道庵《さきどうあん》の家である。

弦一郎の姿に、道庵は露骨に眉をひそめた。

「疫病神《やくびょうがみ》を見るような目でおれを見るな」

弦一郎は苦笑した。

「疫病神ではないと言うのかね」

道庵が言い返した。

腕はいいが、貧乏人には見向きもしない悪評ふんぷんたる医者であるが、弦一郎とは山城屋養女鋸《のこぎり》挽き事件（第一巻「悪の狩人」）以来の腐れ縁である。

「福の神かもしれねえよ」

「ふくはふくでも、切腹か袋叩きか、せいぜいよくてご冥福のふくだろう」

「そんなに嫌ったもんでもねえだろう。魚心あれば水心だ。あんたは裕福な患者からせいぜい絞り取んな」

「絞り取るとは人聞きが悪いねえ。ところで今日は、どんな用件だね」

道庵は水を向けた。

「この二、三日、刀傷を負った浪人三人組の手当てをしたことはねえか。そのうち一人はかなりの深手のはずだ」

弦一郎は本題に入った。

「さあ、そんな怪我人の手当てをしたことはないねえ」

道庵の表情に反応は露《あら》われない。

「江戸中の金瘡医《きんそうい》（外科医）をしらみ潰しに当たればわかることだが、手間を省きてえ。その浪人三人組はお尋ね者だ。大っぴらに医者の手当ては受けられねえ。きっと大枚《たいまい》の金を積んで、医者の口に封をして手当てを受けているにちげえねえ。金で言うことを聞く医者となれば、まず道庵先生、あんたが目に浮かばあな」

弦一郎がにやりと笑った。

「人聞きの悪いことを言うてくれるな。金で言うことを聞きたくとも、おまえさんの目が光っているんじゃないのかね。近ごろ奉行所から目をつけられていることが知れ渡って、そういう方面からの患者はぱったり絶えてしまったよ」

道庵が苦虫を嚙《か》みつぶしたような表情になった。

「そいつはご同慶の至りだ。ところで、道庵先生にお座敷がかかってこなくなるというと、さしずめだれが二番手の算術医になるか、おしえてもらいてえ」

「江戸の医者はみんな算術医だよ。金がなければいい薬も買えない。きれいごとを言っていたのでは、患者にいい治療が施せないんだ」

「道庵先生の代診が務まるような算術医は、江戸広しといえども何人もいねえだろう」

「わしが言ったということは黙っていてくれよ」

弦一郎に問いつめられて、道庵はあきらめたらしい。

「わかっていらあな。言うにゃ及ぶよ」

「安針町《あんじん》に川上養慶《ようけい》という金瘡医がいる。この養慶に当たってみな」

「川上養慶だな。有り難うよ」

弦一郎は目指す情報を得た。


安針町は日本橋の北の袂《たもと》、室町一丁目の裏手（東）にある。以前、三浦按針の家があり、町名となった。

弦一郎は長谷川町から安針町へ足をのばした。

弦一郎の突然の訪問に、養慶は顔色を変えた。養慶の表情が語るに落ちた形になった。

「この一、二日、浪人三人の金瘡の手当てをしたはずだが、そのことについて、御用の筋があってちょいと聞きてえ」

弦一郎が用件を切り出すと、養慶は青ざめた表情で、

「私はなにも知りません。三日前の夜分、四つ半刻《どき》（午後十一時）だったとおもいますが、大店の手代《てだい》らしい男が、白張りの弓張り提灯《ちょうちん》を持って訪ねて来て、ある商家に使われている者だが、主人の家族が庭で転んで、尖《とが》った石に頭を打ちつけて大怪我をしております、先生に診察をお願いするのは初めてでございますが、名医の聞こえ高い先生の治療を賜《たまわ》りたく、主人のたっての希望により、夜中をも憚《はばか》らずまかり越しました、なにとぞご同道くださいますよう、伏してお願い申し上げるという口上でした。

夜も更けていることだし、疲れてもいたので億劫《おっくう》でしたが、使者のたっての懇望《こんもう》に断り難く、家を出ましたところ、門前に貴人の乗るような上等の駕籠《かご》が設《しつら》えられていました。駕籠に乗ると同時に戸が閉ざされ、上から黒い布が下ろされました。引き戸を開けても黒布が塞いでいて、外の様子はさっぱりわかりません。

それから駕籠が右、左に走りまわって、一体どの方角へ向かっているのか、まったく見当が失われてしまいました。小半刻も走って、ようやく駕籠が停まりました。駕籠から出されますと、そこはすでにどこかのお屋敷の中らしく、駕籠は廊下に置かれていました。駕籠のまま廊下を屋敷の奥まで乗り入れたのです。連れ込まれた廊下の奥の部屋

には、三人の怪我人が床に伏しておりました。いずれも刀傷で、血だらけになっていました。

そこへ手代の主《あるじ》らしい恰幅《かっぷく》のよい男が出て来て、実は少々揉《も》め事があって怪我人が出ました。外聞を憚ることゆえ、夜中、先生のご治療をお願い申し上げましたが、このことは構えて口外無用に願います、と言われました。怪我人はいずれも満身創痍でしたが、幸いに生命に関わるような深い傷もなく、手当てを施し、薬をあたえ、事後の処置の仕方や養生の指示をして帰ってまいりました。

帰り際に、主人らしい男が切り餅(二十五両包み)二個を三方《さんぽう》に載せて差し出し、これはささやかですが謝礼です、当家への往診のこと、一言でも口外されれば、後日必ず先生のお命を申し受けます、とあらためて念を押し、ふたたび黒い布をかけた同じ駕籠に乗せられて帰ってまいりました。家に着いたときは夜が明け離れ、全身くたくたとなって、その日の診療は休み、一日眠っていました」

とそのときの恐怖をよみがえらせたらしく、震える声で供述した。

「先生が駕籠に乗せられて連れて行かれる間、なにか気がついたことはなかったかね」

弦一郎は問うた。

「驚いたのと恐ろしかったのとで、気がつくどころではありませんでした。これは下手をすると帰って来られないかもしれないなと、半《なか》ば観念していました」

「駕籠がぐるぐる走ったということは、方角をわからなくするためだったんだろうな」

「たぶんそうだとおもいます。殺すつもりなら、そんな工夫をする必要はありませんので、そこに一縷《いちる》の望みをつないでいました」

「それだけわかっていれば、落ち着いたもんだよ。駕籠に乗っている間、あるいは先方へ着いてから、耳についた音や、嗅《か》いだにおいはなかったかい」

「連れ込まれた部屋は血腥《ちなまぐさ》いばかりで、べつににおいには気がつきませんでしたが、近くで水音が聞こえていたような気がします」

「水音というと、川の流れるような音かい。それとも滝の落ちるような……」

「川の流れるような音だったとおもいます。それも波がぽちゃぽちゃと岸を洗うような、船の櫓《ろ》を漕《こ》ぐような音も聞こえました」

「櫓を漕ぐ音が聞こえたのか」

弦一郎の目が光った。

となると、養慶が連れ込まれた屋敷は、大川端にある公算が大きくなる。だが、大川端だけでは広域である。

また市中、各堀を伝って船が入り込んで来る。その屋敷はどこかの堀端に位置しているかもしれない。

「ほかになにか聞いた音はなかったか。物売りの声や呼び声、人の声だけでなく、鳥のさえずりとか、鐘の音とか、水車のまわる音とか」

弦一郎の言葉に養慶の顔色が動いた。

「なにか心当たりがありそうだな」

養慶の顔色を読み取った弦一郎が促すと、

「いいえ、私が聞いたのはそれだけです」

と養慶は慌《あわ》てて口をつぐんだ。

屋敷の主に口止めされたことをおもいだして、あらためて恐《こわ》くなったらしい。

「いまさら隠し立てしても、屋敷の主人の約束を破ったことに変わりはねえよ。先生の命は奉行所がしっかりと守ってやる。主人に指一本ささせるこっちゃねえ。安心しておもいだしたことをしゃべってくんな」

弦一郎は脅したりすかしたりした。全部しゃべらなければどんな報復を受けても知らないぞと、暗に脅迫している。

「くれぐれも私がしゃべったということは伏せてください」

養慶は念を押して、

「怪我人の手当てをしている間、屋敷の外で、『おーい、たけやの人』と呼ぶような声が聞こえてきました」

「おーい、たけやの人と呼んだんだな」

「たしかそう聞こえました」

川上養慶が手当てした三人の怪我人は、傷の状態や手負うた時期などから判断して、留吉らを斬った浪人三人組であることはほぼまちがいないと推測された。

当夜、江戸に三人が刀傷を負うような喧嘩がほかにも発生したという報告は届いていない。天下泰平の江戸で三人の町人が斬り殺され、浪人三人が手負うたのは大事件である。

川上養慶の家から奉行所へ帰って来ると、半兵衛と茂平次が待っていた。

「旦那、清八と伊助は特に新しい仕事もつき合いもなかったようですが、留吉は昨年の夏から暮れにかけて、砂屋勘兵衛の向島の寮の普請に行っておりやす」

「砂屋勘兵衛、公儀御用の材木商砂勘《すなかん》か」

「へえ、あの砂勘です」

「向島の寮だとな」

弦一郎の目が底光りしてきた。

「向島の三囲稲荷《みめぐりいなり》の近くにある砂勘の寮の改築を、留吉一人でやったそうです」

「山谷と三囲稲荷をつなぐ渡《わたし》は竹屋の渡だったな」

「へい、竹屋の渡と呼んでおります。竹屋の渡がどうかしましたか」

半兵衛が問い返した。

「どうやらにおってきたようだな」

弦一郎はにやりと笑った。

「あっしらにはまだなんにもにおってきませんが」

茂平次が故意に鼻を鳴らした。

竹屋の渡は、浅草の山谷から三囲神社の北をつなぐ舟渡である。山谷堀の舟宿竹屋鉄五郎が、隅田堤の都鳥という茶店に「向越し一人前二百文」の看板をかけて始めた。客が来ると、茶店から、「おーい、竹屋の人」と呼ばせて、猪牙舟《ちょきぶね》を出して渡した。

近くの寺島村に花屋敷（植物園）ができてから、江戸市中からの客が増えて、竹屋の渡も繁盛してきた。

正月の七福神詣、子《ね》の日の小松引き、七種の若菜摘み、鷽替《うそかえ》神事、二月の梅見、三月の桃、四月の花見と、年々人出《ひとで》が多くなった。竹屋の渡も鉄五郎一人では渡しきれなくなり、組合をつくり、毎日数艘の舟を出すようになった。

この辺りの隅田堤から大川をはさんで、江戸の眺めが最もよいとされて、通人が集まって来る。堤に沿って高級料亭がある。

竹屋の渡も文人墨客だけでなく、市中と向島を結ぶ重要な交通手段となって、夜間にも渡りたい者が増えてきた。そこで夜間料金倍増しとして、夜も営業するようになった。

組合は客寄せの一手として、「おーい、竹屋の人」という呼び声を綺麗どころに呼ばせるようになったので、これが評判となって、物好きな客が、二声、三声呼ばせては祝儀を弾むようになった。

中には夜遊びの客が座興に、声だけ呼ばせる。

師走には初雪見を狙った通人が、堤沿いの料亭に陣取って、呼び声を上げさせている。

川上養慶の耳に届いたのは、おそらくこの呼び声であろう。

「するってえと、留吉たちを斬った浪人組は、砂勘の寮にかくまわれていたというわけで」

弦一郎の絵解《えと》きを聞いた半兵衛が聞いた。

「まだ砂勘と決めつけられねえが、きな臭《くせ》えな」

「でもねえ、旦那、斬られたのは留吉だけじゃありませんぜ。清八も伊助も一緒に斬られている」

茂平次が口を出した。

「そこだよ。砂勘と留吉がなんらかの関わりがあるとすれば、留吉一人を狙ったはずだ。清八、伊助まで殺す必要はねえ。だが砂勘はあこぎな商売で知られている。公儀御用達になれたのも、御側用取次《おそばようとりつぎ》織田若狭守《わかさのかみ》に取り入ったためと言われている。砂勘だったら留吉の口を塞ぐために、ほかの二人を道連れにしたとしても不思議はねえな」

「砂勘が留吉一人を殺すついでに、清八、伊助も殺《や》っちまったというんですかい」

半兵衛と茂平次は驚いた。

「いや、ついでではなかったかもしれねえよ。最初から三人を一緒に殺《や》るつもりだったかもしれねえ」

「留吉一人を殺すのに、どうして二人を道連れにする必要があるんで」

「留吉だけを殺《や》れば、初めから留吉を狙っていたことがわかっちまうよ。三人まとめて喧嘩に見せかければ、狙いが留吉だということはごまかせる」

「なある。考えやがったもんですね。でも、どうしてそれほどまでにして留吉の口を塞がなければならなかったんで」

「そいつが、留吉が一人で入った砂勘の寮の普請にあるんじゃねえかな」

「寮の普請をして、どうして口を塞がれなければならねえんですか」

「留吉は今際の際に、風呂へ入《へえ》るなと言ったそうだな。砂勘の寮の風呂場になにかあるのかもしれねえよ」

「留吉が寮の仕掛けをしたというんで」

「なんの証拠もねえ。砂勘の寮に浪人組がかくまわれていることが確かめられれば、有無を言わせねえ証拠になるが、仮にも公儀御用達の寮だ。下手に踏み込めねえよ」

弦一郎は両手を組んで唸《うな》った。

留吉ら三人が斬られたのは、単なる喧嘩でないことは明らかである。浪人組はただ一人生き残った留吉の息の根を止めた。行きずりの喧嘩がこんな執拗な殺し方をするはずがない。彼らの狙いは初めから留吉にあったのである。


向島には豪商や富商の別邸や寮が多い。この地は田畑の中に神社や寺が散在しているだけであったが、その風景をめでて、江戸の通人たちが遊びに来るようになってから、江戸の大商人が別邸や寮を設け、料理屋が堤に沿って店開きするようになった。

砂屋勘兵衛の寮は隅田川に面し、三囲稲荷と長命寺にはさまれている。

長命寺の下手《しもて》に竹屋の渡の掛け小屋があって、「おーい、竹屋の人」の呼び声が砂勘の寮まで届く。

付近にも別邸や寮はあるが、渡の掛け小屋に最も近いのは砂勘の寮である。

しかも、留吉が普請に入ったのは砂勘の寮だけである。この符合は見過ごせない。

「砂勘の野郎、寮になにかの仕掛けをして、よからぬことを企《たくら》んでいるかもしれねえ。その秘密を知っている留吉の口を塞がなければならなかった。そのために浪人を雇って喧嘩に見せかけて、留吉ら三人を斬らせたんだ」

だが証拠がない。すべて弦一郎の推測にすぎない。

「お稜に会ってみよう」

弦一郎はおもいたった。

お稜は松田町の鼻緒問屋糸屋の娘である。

弦一郎が訪ねて行くと、お稜は留吉が死んで以来、部屋に閉じ籠ったままふさぎ込んでいるという。

事件の後初めて会ったが、げっそりと面窶《おもやつ》れして、凄艶《せいえん》な色気があった。

「悲しいことをおもいださせてすまねえが、留吉が砂勘の寮の普請に呼ばれた前後の様子を聞きてえ。おめえさん、なにか気がついたことはなかったかい」

弦一郎は尋ねた。

「留さんは仕事のことはなにも言いませんでした」

「砂勘の普請の間、寮に泊まり込んでいたのか」

「三カ月ほど、向島の寮に泊まりつづけて普請をしていました」

「帰《けえ》って来たときの様子はどうだった」

「なんだかひどく疲れたようで、元気がありませんでした」

「お稜さんに久し振りに会っても、嬉しそうな顔はしなかったのかい」

「なんだか以前とちがっているようで、口数が少なくなっていました。なにか心に屈託があるようで」

「心に屈託があるようだったのか」

「私がそのことを言うと、気のせいだと言って、無理に明るく装いましたが、すぐに黙り込んでしまって」

「砂勘の普請が終って、帰《けえ》って来てからそうなったんだな」

お稜はうなずいた。

「砂勘の寮では、どんな普請をしたのか話さなかったか」

「普請の話は一切しませんでした」

「留吉は今際の際に、風呂へ入《へぇ》るなと言い残したそうだ。砂勘の寮で湯殿を普請したようなことを言ってなかったかい」

「そういう話は聞いていません」

「留吉の腕は一人大工として江戸でぴか一《いち》だったそうじゃねえか。いい仕事をしたんなら、久し振りにお稜さんに会って、嬉しそうな顔をするはずだがな。砂勘以前にも仕事が終っても、そんなにむっつりと押し黙っていたのかい」

「そんなことはありませんでした。いい仕事をした後は、とても機嫌がよくて、よく話をしてくれました」

「すると、砂勘の普請の後だけふさぎ込んでいたというわけだな」

「砂屋さんの普請になにかあったんでしょうか」

「そいつを探りてえんだよ。留吉が砂屋でどんな普請をしたのか」

「砂屋さんの普請と留吉さんが殺されたことと、なにか関わりがあるんですか」

「あるかもしれねえ。どうやら留吉を殺した下手人は、砂勘の寮にかくまわれているらしいんだ」

「旦那、それは本当ですか」

お稜の顔色が変わった。

「証拠はねえ。だが、十中八九まちげえあるめえな」

「砂屋さんがどうして留吉さんを殺した下手人をかくまうんですか」

「留吉の口を封ずるためよ。留吉に普請のことをしゃべられたくねえからさ」

「留吉さん、砂屋さんでどんな普請をしたんでしょうか」

「お稜さん、そいつを探ってもらえねえかね」

弦一郎はお稜を一直線に見た。

「私が、探る？」

「お稜さんの顔は砂屋に知られちゃいめえ。砂勘に奉公に上がって、寮の様子を探ってもらいてえのさ」

「私が砂屋さんに奉公に。そんなことができるのですか」

「伝《つて》がねえこともねえ。お稜さんが留吉を殺した下手人を捕らえたいとおもうなら、それ以外に方法はねえよ」

「下手人を捕らえるためなら、私、砂屋に奉公に上がります。どんなことをしてでも、留吉さんの仇《あだ》を討ちたい」

「浪人組が砂屋の寮にかくまわれていることを探り出すだけでもいい。やってくれるかい」

「やります。旦那、私を砂屋さんへやってください」

お稜はひたむきな目をして言った。

# 四

お稜に会って、弦一郎の心証はますます固まった。

よい仕事をした後、上機嫌でしゃべっていた留吉が、砂屋の寮の普請の後、心に屈託があるかのように塞ぎ込んでいたという。

彼は砂屋の寮で人に話せぬような普請をしたのだ。それが彼の大工の良心を締めつけ、普請が終った後も、久し振りに会ったお稜の前でむっつりと押し黙っていたのであろう。

弦一郎は三崎町《さんさき》の秋田右近将監《しょうげん》の屋敷へ行った。門番に名乗り、江戸家老の川口伊織に取り次ぎを頼んだ。

本来、町奉行所の同心が面会を求められる相手ではない。だが弦一郎は秋田藩の弱味をがっちりとつかんでいる。

弦一郎は藩邸の用部屋に通された。間もなく川口伊織が当惑の体《てい》で現れた。

「突然参上いたし、ご無礼仕《つかまつ》ります。ご家老様にはその後お変わりもなく、祝着《しゅうちゃく》に存じ奉《たてまつ》ります」

弦一郎は馬鹿丁寧な言葉を用いて挨拶した。

「突然のお越し、なにごとでござるかな」

川口伊織は及び腰の体で言った。

「実は少々お願いいたしたき儀がございまして、まかり越しました」

「できることとできぬことがあるが」

伊織はどきりとしたような表情で言った。弦一郎からどんな無理難題を吹きかけられるかとおもったようである。

「ご家老様ならばたやすいことにございます。実は拙者の存じよりの者に、砂屋に奉公に上がりたいと申す娘がおりまして、ご家老様にご斡旋《あっせん》いただきたいのでございます」

「砂屋に奉公に、それはまたなぜじゃな」

「砂屋は江戸に聞こえた豪商でもあり、公儀御用達として名字帯刀を許された名誉の家柄にございます。そのような大店にまかり上がり、行儀見習いをいたしたいとのことで」

「商家に奉公に上がりたいとは奇特なことじゃの」

当時、町家の子女にとって、武家の家に奉公に上がることは憧《あこが》れであった。大名や名のある武家に奉公に上がれば、嫁入りの際、箔が付く。それが豪商とはいえ、商家の奉公の斡旋を頼んで来たので、伊織は奇異なおもいがしたようである。

「武家奉公は窮屈で、商《あきな》いも学べませんので、商家の奉公を望んでおります」

「それは、そこもとの頼みとあれば、口を利《き》いてもよいが、娘の身許にまちがいはあるまいの」

「拙者の存じよりの者で、身許については拙者が保証仕ります。ただし、拙者の存じよりと知れますと、砂屋が構えるかもしれませんので、ご家老様の縁筋の娘ということにしてご斡旋いただけぬでしょうか」

「拙者の縁筋の娘となそこもとの存じよりではまずいのか」

「痩せても枯れても南町奉行所付同心でござる。拙者の存じよりと知れば、砂屋としても、痛くもない腹を探られるような気持ちがいたすやもしれませぬ。さすれば奉公に上がる娘も特別な目で見られ、勤めにくかろうと存じますので」

「なるほど、さもあろうのう。承知いたした。それではその娘を連れてまいるがよい」

川口伊織はもっと難題を吹きかけられるかとおもっていたのが、意外にやさしい要求なので、ほっとしたようである。

砂屋は秋田家の出入り商人で、秋田家は砂屋に織田若狭守を紹介して、公儀御用達の道を開いた砂屋にとって恩人であることも調べ上げてある。

秋田家の江戸家老川口伊織の斡旋によるお稜を、砂屋は無条件に受け入れるであろう。秋田家は弦一郎に、当主が朝廷に仕《つか》える女蔵人と通じて、子までなした事実を握られている。

これを表沙汰にされれば、当主秋田右近将監は切腹、お家は改易の憂き目に遭うかもしれない。

川口伊織はお稜が弦一郎の縁につながる者とは、口が裂けても言うまい。

こうして弦一郎は首尾よく砂屋の玉入《たまい》れ（密偵を入れること）に成功した。

砂屋の本店は深川黒江町にある。奉公人総数は百二十名、店主の勘兵衛の下に、支配役、年寄役、小頭役、手代、若衆、丁稚と、年功序列に従って階級が定まっている。

台所にも男衆が働いているが、彼らだけはほとんど中年の短期奉公である。

主人の勘兵衛は駿河島田の出身で、十三歳のころ、郷里のそばを流れる大井川の流《りゅう》木《ぼく》に注目して、それを拾い集め、駿府の材木商山田屋へ持ち込んだ。

山田屋は勘兵衛の尋常ならざる商才を見抜いて、大井川上流の木材の伐《き》り出しと搬出を一手に任せた。

山田屋で頭角を顕《あら》わした勘兵衛は、二十歳のとき、山田屋を退店して江戸へ上り、深川黒江町に丸太や竹竿《たけざお》を商う小店を出した。

二十五歳のとき、無断で駿府の豪商山田屋の江戸分店名義で、公儀の修復用材木の入札に参加し、世間相場の半値でまんまと落札した。

これが開運のきっかけで、図に乗った勘兵衛は、佐賀町の材木問屋吉野屋へなんの伝もなく乗り込み、材木を分けてくれと申し入れた。

吉野屋は当然のことながら、けんもほろろに断った。

勘兵衛はその足で奉行所へ出頭し、吉野屋は大量の用材を隠匿し、売り惜しんでいると密訴した。

このため、吉野屋は遠島の刑に処せられ、家財は闕所《けっしょ》（没収）となった。

勘兵衛は吉野屋の没収された材木を公儀に請求した。

公儀は吉野屋が隠匿していた用材を押収できたのは勘兵衛の訴えによるものであったので、彼に下げ渡した。下げ渡し価格は市場価格の半値以下である。

ここでぼろ儲けした勘兵衛は、このときの交渉で親しくなった織田若狭守に取り入って、公儀の巨大造営事業に次々に参加して、巨利を博した。

特に芝増上寺の修復工事に際しては、駿府の山田屋の応援を得て大井川上流の木材を伐り出し、和田港（小川港）から江戸へ送り込み、修復工事をほとんど一手に独占した。

この間、通油町、須田町、市ヶ谷に三つの分店を開き、材木以外にも小間物類も扱うようになった。

砂屋は、勘兵衛が一代において財を成したために、奉公人も急速に増え、年功序列はあるものの、昇進が極めて早い。

丁稚からスタートして若衆になるまでが、普通五年かかるところを二、三年で、三、四年で手代が二、三年、主人に次ぐ支配役や年寄役まで三十年かかるところが二十年でなっている。

女の奉公人は店には出ず、おおむね主人、家族に侍《はべ》って奥向きの用を足す。

二月初め、川口伊織に伴われて砂屋勘兵衛に目通りしたお稜は、ことのほか勘兵衛の気に入られたようである。

川口の紹介なので、お稜の身許についてはまったく詮索しない。

砂屋に入り込んだお稜は、勘兵衛に気に入られるように立ちまわった。

もともと利発なお稜である。勘兵衛だけでなく、内儀や支配役、年寄役から丁稚や台所の男衆まで、お稜の人気は抜群で、短い日にちの間に砂屋の店中の信頼を集めてしまった。

砂屋には幕府、要人の出入りも多い。これの接待役にお稜は駆り出された。

神田小町と謳《うた》われたお稜の美形は、要人たちの目にも止まった。お稜を見るのを楽しみに、砂屋を訪れて来る者もあるほどである。

「お稜がこの家に来てから、お歴々のご機嫌もことのほか麗《うるわ》しく、おかげで商談もはかどるようになりましたよ。本当に川口様にはよい人を紹介していただきました」

勘兵衛は手放しの喜びようであった。

だがお稜の狙いは、向島の寮にある。寮にかくまわれているはずの浪人三人組を確かめ、留吉が行なった普請の秘密を見届けなければならない。

向島の寮には幕府の要人で、特に砂屋にとってのVIPが月一、二回招かれる。

そこに八百善《やおぜん》、平清《ひらせい》の江戸の最高級の料亭から贅《ぜい》を尽くした料理が運ばれ、柳橋の綺麗どころが呼ばれて、文字通り酒池肉林の宴を張るという。

もちろん帰りには、高価な進物《しんもつ》が山のように添えられる。

だが、寮の饗応には新参者のお稜は侍らせてもらえない。寮へ行かないことには、弦一郎苦心の玉入れも役に立たない。

お稜が砂屋へ奉公に上がって半月ほど後の二月半ばのある日、砂屋に一人の客があった。

美食に肥《こ》えた身体を重そうに奥の客殿に運んだその客は、接待に侍ったお稜に視線を向けて、

「新顔じゃな」

と言った。その視線が脂ぎっている。

「これは織田様、さすがにお目が高うございます。先ごろ当家に上がりましたお稜と申します。これ、お稜、織田様じゃ。ご挨拶しなさい」

勘兵衛がかたわらから口を添えた。

客は御側用取次、織田若狭守であった。

「ご当家にご奉公に上がりましたお稜と申します」

お稜の挨拶を受けた若狭守は、

「其方にどこかで会ったような気がするが、其方に心当たりはないか」

と記憶を探るような表情をした。

「これは織田様、なかなか隅に置けませぬな。実は秋田様のご家老、川口伊織様のご縁筋の者にございます」

お稜が答える前に勘兵衛が口を出した。

「なに、川口伊織の縁筋と申すか。はて、川口の縁にかような美形がおったかのう」

若狭守の好色な目は、お稜の身体を衣服の上からまさぐっている。

「当家随一の名花、お気に召されましたかな」

勘兵衛が追従笑いをした。

若狭守が一目でお稜を気に入ったのを見抜いている。

川口伊織の縁筋と言ったので、若狭守はそれ以上、お稜の身許を詮索しなかった。

その日、若狭守はお稜をかたわらに侍らせて離さなかった。

若狭守がようやく帰った後、勘兵衛はお稜に、

「お稜、織田様はそなたがことのほか気に入ったご様子じゃ。今月末、織田様と若年寄板倉重清様を向島の寮へお招《よ》びすることになっている。そなたも饗応役として織田様に侍っておくれ。板倉様が当家の寮へお運びになるのはこれが初めてじゃ。これも偏《ひとえ》に織田様のお取り持ちによるもの。これをきっかけに板倉様とのご縁も開けるかもしれぬ。大切なご招待ゆえ、心を入れてしっかりとおもてなしをしておくれ」

勘兵衛は目に特別の意味を籠めて言った。

お稜も「侍る」という言葉に含まれた意味を了解している。

だが、その意味よりも、ついに向島の寮へ派遣されることに緊張していた。

# 五

待ちに待ったお稜からの連絡がきた。織田若狭守と板倉重清の招待日は二月二十六日と決定され、お稜も饗応役の一人として向島の寮へ赴くという。

お稜は店の用事にかこつけて外出したとき、弦一郎にその旨《むね》を報告した。

「織田若狭と板倉重清か。妙な組み合わせだな」

若年寄と御側用取次が幕府の御用商人の寮へ招かれても、べつに異とするには当たらない。

だが若年寄で、武蔵に一万五千石を領する板倉重清は、幕閣の中でも硬骨をもって聞こえている。

清廉剛直、融通が利かず、性格狷介《けんかい》で、あまり人気はないが、賄賂《わいろ》万能の世相にあって、珍しくクリーンな幕閣の要人である。

その板倉が腐臭ふんぷんたる織田若狭守と共に、時の政商砂屋勘兵衛に招待されたのが解《げ》せない。

「この組み合わせになにかありそうだな」

弦一郎はしきりにきな臭いにおいを嗅いだ。

「お稜さん、砂勘の野郎、なにかの魂胆があって板倉重清を招いたにちげえねえ。当日なにがあるかわからねえぞ。油断しねえで探ってくれ」

弦一郎はお稜に言った。

お稜の連絡を受けた弦一郎は間をおかず、駿河屋を訪ねた。

駿河屋は弦一郎が救ったお光の生家である。お光が殺された父親の喪に服して、まだ滞在している。喪が明けてもお光には京都へ戻る意志はなさそうであったが、当座は喪が明けるまでは宮中へ上がれないのである。

駿河屋は弦一郎を下へも置かぬように迎えた。

「その後、大介さんもお元気ですか」

「おかげをもちまして、毎日元気に飛びまわっております」

お光が言う間もなく、廊下にどたどたと足音がして、おもちゃの刀を振りまわしながら大介が駆け込んで来た。

しばらく見ぬ間に足もしっかりして、身体も大きくなったようである。

「これ、大介。祖式様ですよ、ご挨拶なさい」

お光に言われて、大介はぺこりと弦一郎に頭を下げた。

「おじちゃん、ぼくに剣術をおしえてくれよ」

大介は早速、まだよくまわらぬ舌で言った。

「これこれ、なんということを」

お光がはらはらしている。

間もなく乳母が来て、大介を連れて行くと、

「実は少々お願いの儀がござってまかり越しました」

弦一郎は姿勢を改めて言った。

「祖式様のお役に立つことであれば、なんなりとお申しつけくださいませ」

お光が言った。

弦一郎に向けるお光のまなざしは、まるで恋している者のようである。母子《おやこ》の生命を弦一郎に救われたお光は、命をくれと言われても差し出すであろう。

「このようなことをお光様にお願いするのは憚りがござれど、やむを得ざる事情があってお願い申す。実はお光様の手筋より、若年寄板倉重清様と、御側用取次織田若狭守の関係を調べていただきたいのです」

「板倉重清様と織田若狭との関係ですね」

お光の表情が改まった。

織田若狭は秋田右近将監と共謀して、お光母子を抹殺しようとした黒幕である。

「この両人の間に、最近なにか関わりがあるはずです。これをできるだけ詳しく調べ上げてもらいたい」

「承知いたしました。伝がないこともありませんので、さっそく調べましょう」

「なにとぞよしなにお願い仕る」

駿河屋は主人の福右衛門を殺されたものの、生前は織田若狭守との関係も深く、幕府の要路に人脈が広い。

またお光は現在服喪中であるが、禁裏の六位女蔵人として朝廷に弱い幕府に恐持《こわも》てする。町奉行所には及ばぬ極秘情報も手に入れられるであろう。

弦一郎の狙いは的《まと》を射て、間もなくお光から報告が来た。

「面白いことがわかりました。織田若狭守は板倉重清殿に不正の尾をつかまれたともっぱらの噂にございます」

「不正の尾をつかまれたと」

「公儀の要人の間で密《ひそ》かにささやかれていることにございますが、この度、上野寛永寺根本中堂の修復工事入札に際して、若狭守よりあらかじめ砂屋勘兵衛に入札価格を流し、砂屋が落札するように取り計らったとのことにございます。この工事により、砂屋が得た利益は約二十万両、このうち五万両を若狭守に礼金として贈った由《よし》にございます。この事実を板倉重清殿がつかみ、若狭守を詰問したために、両人の仲は極めて険悪になっていたそうでございます。

この度、砂屋勘兵衛が板倉殿と若狭守を向島の寮へ招待したのは、勘兵衛が両人の取りなしをして、板倉殿を懐柔するためと見られております」

お光は容易ならぬことを報告した。

幕府の造営工事に際して、幕府の要人が特定の入札者に落札価格を流し、工事を独占させて利益を分割する。

今日で言う偽計もしくは威力を用いて公《おおやけ》の入札の公正を害する入札妨害罪に当たると同時に、砂屋からの織田若狭守に対する礼金はリベートである。

これを硬骨の板倉重清が嗅ぎつければ、ただではすまない。

これだけの噂が幕府要人の間に広まっているのに、板倉重清以外にそれを告発しようとする者がいないのは、いずれも賄賂政治の中で、多かれ少なかれ同じ穴の狢《むじな》だったからである。

若年寄は幕閣において老中に次ぐ重職であり、幕政に参加する。

一方、御側用取次は老中や若年寄に移行してしまった将軍の権限を取り戻すために新たに設けられた職制で、大名待遇を受け、将軍と幕閣の間に立って政務を取り次ぐ役目である。

将軍の決裁事項を幕閣に下達するのも、御側用取次である。ただ取り次ぐだけではなく、将軍に対して政《まつりごと》の意見をはさむ。

御側用取次が将軍に取り次いでくれなければ、どんなに有能な老中や若年寄でも本領を発揮できない。

老中に移行した将軍の権限を取り戻すための職制が、なんのことはない、老中から御側用取次に権限を移行しただけになってしまった。

職禄や格は老中と若年寄が御側用取次よりも上位にあるが、実権は御側用取次が握っている。

御側用取次に睨まれたら、老中の下位の若年寄はなにもできなくなるが、若年寄にもチャンスはある。

非番の若年寄は臨時の役目として、将軍の外出時に駕籠脇に侍り、不時の御用を承る。また代参の場合は、御台や御母后に侍る。

このとき将軍や大奥実力者に直訴するルートが残されている。

いかに御側用取次が将軍と幕閣の間を隔てる衝立《ついたて》となっていても、将軍出向の際に直訴されればそれまでである。

織田若狭守が恐れているのは、そのルートである。これがあるために砂屋と騙《かた》らって、板倉重清を招き、懐柔しようとしているのであろう。

「しかし、硬骨をもって聞こえた板倉重清様ともあろうお方が、どうしてみすみすと織田若狭守や砂勘づれの招きに乗ったのでありましょうか」

弦一郎は訝《いぶか》しがった。

「板倉様は二人の誘いに乗ったように見せかけて、不正の証拠をつかもうとしているのではないか、とうがった見方をする者もございます」

「なるほど。それでわかり申した。おそらくそのような意図をもって、板倉様は砂勘の招きに乗ったのでございましょう」

お光の集めてきた情報によって、招待の構図が大方《おおかた》見えてきた。

だが板倉重清の招待と、留吉がただ一人で行なった向島寮の普請との間になにかつながりがあるのか。つながりがあるとすれば、留吉はなぜ喧嘩を偽装して斬られたのか。

留吉が今際《いまわ》の際に言い残した「風呂へ入《へえ》るな」という言葉は、なにを意味しているのか。この辺のところがまだよくわからない。

# 六

一月は柳営《りゅうえい》行事はびっしりと詰まっているが、二月に入ると定例行事は少ない。

二月一日月例登城、この日、日光御門主が登城して、御鏡餅を頂戴する。

十五日は臨時御礼登城で、元日拝領の袱紗《ふくさ》小袖を一日に着用しなかった者が、これを着用して登城する。

二十八日は月例登城で、同時に将軍世嗣の住まう西の丸に出仕する。

二月の末から三月初旬にかけて、天皇より将軍が年始の賀詞を差遣した答礼として、勅使が参候する。

この勅使の接待役に柳間詰めの三万石以上十万石までの大名が任命される。浅野内匠《たくみの》頭《かみ》が吉良上野介《こうずけのすけ》に刃傷《にんじょう》に及んだのは、この勅使接待役中の事件である。

向島寮の招待日が迫った二月二十四日、お稜が所用にかこつけて弦一郎に報告に来た。

「板倉様ご接待の趣向がほぼわかりました」

お稜の表情がなにかをつかんだことを語っている。

「留吉さん、今際の際に風呂へ入るなと言い残したそうですね」

お稜が弦一郎の顔色を測りながら言った。

「その場に居合わせた人間が聞いている」

「そのことと関係あるかどうかわかりませんけれど……」

「なにか心当たりがあるのかい」

「向島の寮へ板倉重清様をお招きした際、浴室の宴をお勧め申して、私に板倉様のお背中を流すようにとの勘兵衛の申しつけでございます」

「なに、浴室の宴に誘って背中を流せと」

弦一郎の顔色が改まった。

「なんでも唐の玄宗《げんそう》皇帝が楊貴妃と遊んだ華清宮《かせいきゅう》という温泉になぞらえたお湯殿を設け、そこで浴室の宴を催そうという趣向なそうにございます。聞くところによりますと、板倉様は大のお風呂好きとのこと、この趣向は必ずや板倉様のお気に召すであろうと勘兵衛が言っておりました」

「華清宮……浴室の宴、お稜さんを楊貴妃に見立てて、板倉様を玄宗皇帝としてお迎えしようという趣向か……これで読めたぞ」

弦一郎ははっとした。

「なにかおわかりになりましたか」

「留吉が砂勘の寮に普請に入ったのは、この湯殿の工事にちげえねえ。湯殿になにか特別の仕掛けがしてあるんだ。板倉に尻尾《しっぽ》をつかまれた若狭守が、板倉を湯殿へ誘い込み、なにかしようと企んでいるにちげえねえよ。お稜さん、板倉を湯殿へ入れちゃいけねえ」

「でも、どうしたら？」

砂屋勘兵衛が総力を挙げて招いたＶＩＰの饗応の目玉を止《や》めさせるわけにはいかない。

「板倉が来るまでに湯殿の仕掛けを探るんだ。仕掛けが露見すれば、有無を言わせぬ証拠となる」

「でも、向島の寮へ行くのは、当日です」

「難しいかもしれねえが、当日、寮へ行って、板倉が来るまでの間に、なんとしてでも湯殿の仕掛けを探り出せ。それ以外に板倉を救う手立てはねえよ。なんの証拠もなく、板倉に砂屋の寮へ行くのをやめろと言うわけにはいかねえ。板倉を風呂へ入れたら最後だ。板倉は生きちゃ帰れめえ。当日、おれは密かに砂屋の寮の近くに張りついておる。身に危険が迫ったなら、なんとしても屋敷の外へ飛び出して来るがよい」

「砂屋にはかねて手懐《てなず》けている者もございます。その者に頼んで、なにかありましたら、必ずお報《しら》せいたします」

お稜は言った。

追いつめられた織田若狭守は砂屋勘兵衛と共謀して、板倉重清の暗殺を企んだ。おそらく板倉重清は織田若狭守の画策によって、招待先での急死として扱われるであろう。

この件に関しては、若狭守と砂屋だけではなく、不正を明るみにされては都合の悪い幕閣の多数が加わっているかもしれない。

そうでなければ、時の若年寄の暗殺などということが企めるものではない。

板倉重清は腐敗した幕政の中のただ一人のクリーンな政治家である。

板倉がこの度つかんだ不正の尾は、全幕閣の政治生命を絶つほどに根が深い。板倉はこの機会に断乎、腐食の根を絶つべく大鉈《おおなた》を振るうつもりであろう。

板倉の摘発を阻むために、幕閣ぐるみの企みである。

そして、湯殿の工事を担当した留吉を、喧嘩を装って斬り殺したのだ。喧嘩を偽装するために、無辜《むこ》の友達二人を巻き添えにした。

留吉一人の口を塞ぐためならば、彼一人を斬ればよい。だが、それでは留吉と普請の関わりを手繰《たぐ》られてしまう。

また幕府直属の者が手を出してもまずい。そこで無頼《ぶらい》の浪人者を雇い、留吉に喧嘩を売り、斬らせたのである。

浪人は事情を一切知らされていないのであろう。できれば浪人も始末したいところであるが、町人と喧嘩した圧倒的優勢の浪人が相討ちとなって全員死ねば、奉行所の疑惑を招いてしまう。そこでやむを得ず、当座の手当てをさせたのが発覚の糸口となってしまった。

弦一郎は事の重大さに、背筋が寒くなってきた。

まだ確証をつかんだわけではないが、一連の事件と状況をつなぎ合わせてみると、弦一郎の推測は当たらずといえども遠からずである。

だが、事前に砂屋の寮に踏み込むわけにはいかない。まだなんの証拠をつかんだわけでもない。

砂屋は痩せても枯れても名字帯刀を許された公儀御用達である。そこへ一介の町奉行所の同心が、詮議の筋ありとして、なんの証拠もなく踏み込むわけにはいかない。

頼むはお稜である。お稜が湯殿の仕掛けを見つければ、有無を言わせぬ証拠となる。湯殿の仕掛けを見つけ、それを板倉重清に見せるのだ。あとは板倉がやってくれるであろう。

弦一郎は祈るような気持ちであった。

# 七

招待日前夜、お稜は台所男衆の茂吉に、勝手口の隅でささやいた。

「茂吉さんにお願いがあるの」

「お稜さんの頼みなら、なんだってするよ」

茂吉は目を輝かして答えた。

彼がお稜に憧れて、彼女の言うことなら命までも捧げそうなことを察知している。

「明日は茂吉さんも向島の寮へ行くんでしょう」

「勝手口の雑用をするために、行くことになっているよ」

「明日、もし私の身になにかあったら、寮の外へ飛び出してちょうだい。そこに南町奉行所の祖式様がお待ちになっているはずですから、私の身に変事があったことを報せてあげてください」

「明日、お稜さんの身になにかあるのかい」

茂吉の面が不安の色に塗られた。

「たぶんなにもないとおもうけど、万一なにかあったときは、必ず寮の外へ飛び出して、祖式様にお報せしてちょうだい」

「なんだかよくわからないけれど、お稜さんの言うとおりにするよ」

「有り難う。あなただけが頼りなのよ」

お稜に柔らかく手を握られて、茂吉はぽーっとなった。

お稜自身にもなにが起きるかわからない。だが、留吉の仇を討つのは明日だということを本能的に悟っていた。

二月二十六日、招待の当日が来た。

この日、予定の七つ刻（午後四時）、申し合わせられたとおり、板倉重清はわずかな供回りを従えたのみで、向島の寮へ到着した。

すでに織田若狭守も着いている。砂屋勘兵衛以下、饗応の綺麗どころが門口から玄関に居並んで、重清を迎えた。

「ようこそお運びくださいました。当家の寮へ板倉様を迎え奉るは、砂屋勘兵衛、一世一代の光栄に存じます」

勘兵衛は最大級の歓迎の辞を並べて、重清を迎えた。

「大袈裟《おおげさ》なことを申されるな。お茶室の隅で、ほんの一服振る舞われたく立ち寄ったまでにござる」

板倉重清は尾を振ってすり寄ってくる勘兵衛をはねつけるように言った。

さすが巨富を誇る砂勘の寮だけあって、当時の建築技術の粋を凝らし、大大名の江戸屋敷を超える結構を、金をかけて目立たぬように抑えている。

外から見ただけでは、この地域に散在する別邸や寮と特に変わりはないが、一歩邸内へ入れば、池には泳ぐ宝玉と言われる高価な錦鯉が艶やかな色彩を溶き、各地から運び寄せた名石を置き、計算された布置《ふち》に築山《つきやま》を築き、東屋《あずまや》を配した庭が主屋を取り巻いている。

主屋は書院造りで、複雑な間取りになっている。庭の眺めの最もよい位置に数寄屋造りの茶室が設けられている。

板倉重清はまず茶室に請《しよう》じ入れられた。

屋根は茅葺《かやぶ》き、壁は京都で用いられる茶の聚落土《じゆらくど》の壁、四隅を木肌を残した面皮《めんかわ》材の柱が支えている。

風炉先《ふろさき》窓が青く染まっているのは、庭の竹の葉が反映しているのである。床下から静かな水音が這《は》い上がって来る。

床に小さな炉が切られているだけであるが、室内はほどよく暖められている。

一見質素で素朴な室内の造りであるが、金をまぶしたような入念な普請である。

なにげなく炉に掛けられている釜や、茶入れ、茶碗等の茶器も、和漢の名器、珍器であろう。

床に掛けられた軸は、巨勢金岡《こせのかなおか》の筆になる画像観音である。これ一幅で千両は下るまい。床を飾る花入れ、香合《こうごう》、香炉も唐物と見えた。

重清は床の掛け物や道具畳の飾りつけなどにじろりと視線を向けたが、作法どおりの挨拶もせず、座に着いた。

勘兵衛は点前《てまえ》座に着き、点前を始めた。炉に炭を継ぎ、釜の湯が煮えて、静寂の中に松籟《しょうらい》の声が渡る。

「ふつつかなる点前でございますが、粗茶を一服奉ります」

勘兵衛は言って、恭《うやうや》しく重清と若狭守の順に茶を差し出した。

「結構なお服加減でござる」

若狭守は作法どおり主人の点前を褒《ほ》めたが、重清は黙然として飲み切った。

点前が終ると、

「時刻でございますので、粗飯を差し上げとうございますが、その前にお湯を召されませぬか」

勘兵衛が勧めた。

かたわらから若狭守が、

「それはよい。今日の板倉殿のお運びのために、砂屋が特に趣向を凝らした湯殿を新築しましたそうな。唐の玄宗が楊貴妃と遊んだ華清宮を模した湯殿とのことにござる。拙者も板倉殿の後より、ぜひとも一浴仕りたいと存ずる」

と言葉を添えた。

「ほう、唐の華清宮とな」

風呂好きの重清の表情が動いた。最も寒い季節を、大川の流れに吹かれてやって来たので、熱い湯には心を動かされる。まして唐の華清宮を模した湯殿となれば、風呂好きの重清の心を大いに引いた。

「されば一浴、所望いたそうか」

重清は言った。

「この者がご案内仕ります。湯殿でのご用はなんなりとこの者にお申しつけくださいませ」

勘兵衛が目配せすると、いつの間にか美しい侍女が、重清のかたわらに花のようにつき添っている。

湯殿の用とは、要するに湯女《ゆな》のように伽《とぎ》をするということである。

「女性《にょしょう》はいらぬ。湯殿まで案内してもらえば結構でござる」

堅物《かたぶつ》の重清は言った。

「ご案内申し上げます」

すかさずお稜が言った。

板倉重清を湯殿へ案内しながら、お稜は焦っていた。ついに今日のこのときまで、湯殿の仕掛けを確かめることはできなかった。

留吉は今際の際に、「風呂へ入《へえ》っちゃならねえ」と言い残したそうである。

重清の入浴に侍るように勘兵衛から命ぜられたとき、

「よいか、板倉様をお湯殿へご案内申し上げたら、そなたもお背中を流しまいらせますと言って一緒に浴室へ入るのじゃ。お背中を流しまいらすだけで、そなたは板倉様と一緒に浴槽の中へ入ってはならぬ。たとえ板倉様がお求めになろうと、女の身体は汚れが多いゆえとお断り申し上げて、浴槽の外で待つのじゃ。よいな。このことくれぐれも忘れぬように」

とくどいほど念を押された。

重清を湯殿へ先導しながら、お稜は勘兵衛の言葉の意味を必死に考えていた。

女の身体は汚れが多いゆえ、浴槽に一緒に入ってはならぬと勘兵衛は言った。一応尤もな言葉である。だが、その言葉裏には、浴槽の中にこそ仕掛けが施してあると暗示しているようである。

「風呂へ入《へえ》っちゃならねえ」

留吉の遺言が耳許にささやいている。

板倉重清を浴槽へ入れてはならないのだ。そのためには……。

客殿から湯殿までの経路は、あらかじめおしえられている。

前もって湯殿の位置を確かめに来たとき、湯殿の入口の扉を押してみたが、錠が掛けられていた。重清を案内する直前に錠を外したのであろう。

屈曲した廊下を伝い、湯殿へたどり着くと、案の定、扉の錠は外されていた。

扉を押して一歩中へ入ってお稜は、目を見張った。

湯殿の入口はなんの変哲もない板戸であるが、内部は桃山風の豪奢《ごうしゃ》な造りになっていて、湯殿の概念からはほど遠い。

座敷の中央には池が掘られ、色とりどりの鯉が絵の具を溶かしたように泳ぐ上に、赤い太鼓橋が架けられている。

だがそれは浴室の前の間にすぎなかった。御簾《みす》によって仕切られる奥の湯殿には、青畳が敷きつめられ、檜造《ひのきづく》りの広い湯船から溢《あふ》れた湯が畳の上に流れ出している。座敷風呂である。

さらに湯船の上に寝台が吊り下げられ、入浴後憩《いこ》えるように寝具がのべられている。

香ばしい檜の香りが湯気の中に漂っている。

一瞬、お稜は木の香りの中に留吉のにおいを嗅いだように感じた。この湯殿が、留吉が心魂込めた普請であったのか。

さすがの板倉重清も座敷風呂の趣向と、湯船の上の吊り床には驚いたようである。

「大儀であった、そなたは下がってよいぞ」

重清は湯殿まで案内したお稜に言った。

「風呂へ入《へえ》っちゃならねえ」

お稜はそのときふたたび留吉の声を聞いたような気がした。

「御前様、お湯を召してはなりませぬ」

お稜は言った。

お稜にしてみれば、留吉の言葉を取り次いだまでである。

「なんと？」

重清の表情が驚いている。

湯殿まで案内してくれた女中が、風呂へ入るなと言っている。その矛盾した言動に、重清はとまどった。

「お湯を召されてはなりませぬ」

お稜は繰り返すと、衣服をまとったまま御簾を潜って湯殿へ入った。

「待て、そなた、なんとするつもりじゃ」

驚いて制止する重清の言葉を背に聞き流したまま、お稜は湯船から溢れた湯を吸った畳の上を、湯船に向かって真っ直《す》ぐに進んだ。

驚愕して目を見張っている重清の前で、お稜は湯船の縁を跨《また》いで、湯船の中にざぶりと身体を沈めた。

お稜がまとった艶やかな衣装が、花びらのように湯の上に浮かんだ。

御簾のかなたで唖然《あぜん》として見守っている重清に、お稜はにこりと笑いかけた。

お稜の身にはなにごとも起こらない。重清はお稜が発狂したとおもったようである。

「お稜、湯船から上がれ、湯に入《へえ》っちゃならねえ」

三度《みたび》、お稜は留吉の声を聞いた。

「たれぞある」

重清がだれかを呼ぼうとしたとき、お稜を沈めた湯船の底が抜けた。

湯船にたたえられた大量の湯と共に、お稜の体重を載せた湯船の底が割れ、湯と共にお稜の身体が落下した。

落下した奈落には、刃の鋒《きっさき》が上を向いて針の山のように植えつけられていた。

湯は鋒を滑って底へ流れ落ちたが、お稜の身体は針の山に刺し貫かれて、針鼠となった。

突然、湯と共に湯船の中に消えたお稜に、重清は仰天して、湯船のそばへ走り寄った。

「なんといたした」

湯船の中を覗《のぞ》き込んだ重清は、無惨な姿に変わり果てたお稜を見た。

「さては、謀《はか》ったな」

重清は万事を悟った。

湯船は人間一人の体重を加えれば底が落ちるように、仕掛けが施してあった。重清を湯殿へ誘い込み、暗殺をするための仕掛けである。

お稜が先に湯船へ入らなければ、針鼠となったお稜の位置に重清がいたはずである。身の危険を悟った重清は、湯殿から飛び出した。そこに三人の襷《たすき》を掛け、袴の股立《ももだち》取った浪人が待ち構えていた。

「お命、頂戴《ちょうだい》仕る」

彼らは勘兵衛に雇われた浪人三人組である。

留吉を斬った際、手負うた傷が癒《い》えて、いま刺客として重清に刃を向けて来た。湯殿の仕掛けが失敗した場合に備えた刺客である。

「おのれ、謀《たばか》ったな」

重清は歯がみした。

まさか織田若狭守と砂屋がここまでおもいきった挙に出ようとはおもっていなかった。油断である。

重清の従者は遠く離れている。三人の屈強な刺客の網をとうてい斬り破ることはできない。

重清は覚悟を定《き》めた。

## 八

そのとき寮の台所で忙《せわ》しく立ち働いていた茂吉は、湯殿の方角に生じた異常な気配を悟った。なにやら争い合っているような気配である。

もしや、これがお稜さんの言っていた万一のことではあるまいか。茂吉ははっとおもい当たった。

「皆の者、なにごともない。なにごともないのじゃ。静まりなさい」

奥の異常な気配に騒然となった奉公人を、勘兵衛や支配役が制止した。彼らがなにごともないということは、なにかが起きた証拠である。

茂吉は咄嗟《とっさ》に表へ出た。奥の気配に気を取られて、だれも茂吉が表へ走ったことに気がつかなかった。

庭へ出て、門前へ走り出ると、そこに八丁堀の同心が立っていた。

「祖式様でございますか」

「おれが祖式だ、なにかあったか」

「お屋敷の奥に、なにやら異常な気配があります。お稜さんの身になにか起きたにちがいありません。旦那、助けてやっておくんなさい」

茂吉は訴えた。

「わかった、湯殿の場所は知っているか」

「はい、おおよそは」

「そこへ案内しろ」

弦一郎は茂吉を先へ立て、半兵衛と茂平次を従えて寮へ踏み込んだ。

奥の騒ぎに気を取られて、だれも阻む者はない。弦一郎は曲がりくねった廊下を走った。奥の方から剣戟《けんげき》の気配が漏れてくる。

ようやく駆けつけた湯殿の前で、浪人三人に囲まれた板倉重清が、必死に斬り結んでいた。

「やや、ここは不浄役人などの踏み込む場所ではないぞ」

ようやく弦一郎に気がついた砂屋勘兵衛が咎めた。

「なにを言いやがる。若年寄板倉重清様を囲んでの狼藉、申し開きが立つか」

弦一郎に一喝されて、勘兵衛が怯《ひる》んだとき、

「よくぞ駆けつけてまいった。この狼藉者を召し捕れ」

弦一郎の姿にほっと一息ついた板倉重清が声をかけた。

「てめえら、留吉たちをやった野良犬だな」

弦一郎はにやりと笑って、腰の一刀を抜き放った。

「しゃらくせえ」

「相手は一人だ、たたみ込んで斬れ」

浪人三人組は、板倉重清から、弦一郎の方へ刃を向け替えた。だが彼らは、飛燕一踏《ひえんいっとう》流の恐ろしさを知らなかった。

圧倒的多数に安んじた気の緩《ゆる》みが、連携動作を阻んだ。三人いても、阿吽《あうん》の呼吸によ

る共同態勢が取れなければ、数の多さはかえって足手まといにしかならない。

左手の浪人は剣先を払い退けられ、あっという間に右肩から斬り落とされていた。

残る二人が愕然としたときは、右手の浪人が半回転した弦一郎の刃を横腹に受けて、血飛沫《ちしぶき》を噴いていた。

一瞬の間に死の急斜面を転がり落ちている自分に、斬られた本人が呆然となっている。

残る一人は戦意を失っていた。

「手当てが早ければ助かる。過日呼んだ川上養慶に駕籠を送れ」

弦一郎は呼吸も乱さずに言った。

そのときようやく姿を見せた織田若狭守が、形勢利あらずと見て、

「板倉殿に刃を向けたその狼藉者を捕らえよ」

と生き残った浪人者を指さして、調子のよいことを言った。

「南町奉行所同心祖式弦一郎と申したな。其方の働き、心に刻んでおく」

板倉重清は、弦一郎に感謝のまなざしを向けて言った。

一瞬、弦一郎の踏み込むのが遅れれば、重清の命はなかったはずである。

となれば、重清は乱心による急死として取り扱われ、弦一郎は故なく公儀御用達の別邸に乱入した慮外者として、処罰されたであろう。

もちろん湯殿の仕掛けは秘匿されてしまう。お稜の死体を隠され、湯殿の仕掛けを壊されてしまえば、証拠はなにも残らない。

板倉重清の乱心、急死をもって幕政に根を張った不正は覆い隠されてしまうであろう。

「御一人のお身体《みたい》ではございませぬ。今後くれぐれもご自重あそばしますように、身分を憚らず申し上げます」

弦一郎の言葉に、

「わかっておる」

と重清は大きくうなずいた。

お稜は湯殿の底に植えつけられた刃の林に刺し貫かれて、死んでいた。彼女は一身をもって重清の命を救い、また砂屋勘兵衛らの陰謀の動かぬ証拠となったのである。

留吉の遺言に背《そむ》いて風呂へ飛び込んだのは、留吉の仇を討つためであった。

彼女は刃によって串刺しにされたが、彼女にとってその刃は愛の串であった。

その串で我が身を貫く以外に、彼女が留吉の仇を討つ方法はなかった。

「其方の死、無駄にはせぬ」

板倉重清はお稜の無惨な骸《むくろ》に頬を濡らしながら誓った。

その後、砂屋勘兵衛は謀叛、不実商（不正な商売）ならびにその世話、賄賂、巧事《くじ》取りこしらえ（詐欺、不正入札等）、人殺し、狼藉の併合罪で、市中引きまわしの上獄門、家財は闕所、家族は遠島を申しつけられた。

だが、織田若狭守にはなんの沙汰もなかった。

これは砂屋勘兵衛が罪を一身に背負ったためと、若狭守に責任を問うと、幕府の威信にもかかわり、さらに不正の根に連なる幕閣にまで影響してくるからである。

幕府の威信を失墜しては、天下の政は立ち行かない。不正の根を断乎剔抉《てっけつ》する構えを見せた板倉重清も、涙を呑んで、織田若狭守の追及をあきらめた。

結局、砂屋勘兵衛一人が人柱に立って、不正の根は温存された形になったが、これ以後、幕府の造営工事の入札は厳しくなり、不正や談合の介入する余地はなくなったという。

# 毒の鎖

# 一

「旦那、六番町の坊城《ぼうじよう》虎之助《とらのすけ》という御家人ですが、ちょっと変な噂を小耳に挟んだんですがね」

弦一郎の八丁堀組屋敷に来ていた知らぬ顔の半兵衛が言った。

半兵衛の人脈は江戸市中の八方に伸びていて、弦一郎の貴重な情報網となっている。

「坊城虎之助か、悪そうな名前だな」

非番で組屋敷にごろごろしていた弦一郎は、欠伸《あくび》と共に言った。

「この坊城が裕福な商家から養子を取ったんですがね、それがつづいて二人も急病で死んでしまったんです」

「養子が二人つづけて死んだと」

眠そうだった弦一郎の目が光ってきた。

「へえ、養子といったところで、どうせ持参金目当ての縁組ですがね。それだけにどうもきな臭《くせ》え」

「坊城ってえ御家人はどんな野郎なんでえ」

弦一郎が姿勢を改めた。

「こいつが極めつけのごろんぼ御家人でやしてね、屋敷内で賭場は開くわ、いかがわしい女を引っ張り込むわ、はなはだ評判がよくねえ」

「死んだ養子はどこから入ったんだ」

「最初に死んだ養子は、室町二丁目の塗物問屋、備前屋忠兵衛の息子忠次郎です。二番目に死んだのが南新堀一丁目の船具問屋、雑魚《ざこや》屋勘兵衛の息子勘助です」

「どちらも大店《おおだな》だな。持参金をぐんと弾んだことだろうよ」

「へえ、持参金をしこたま背負った養子が死んでくれたら、御家人株をまた売りに出せやすからね」

「たしかに臭《くせ》えな。だが、御家人の家の中のことじゃあ、奉行所は手を出せねえ」

「坊城の屋敷には三人目の養子が入っておりやすよ」

「今度はどこの店の息子だい」

「それがね、三人目は坊城の娘が、同じ御家人仲間の次男坊で、花村新九郎というやつに惚れましてね、そいつを養子入婿《いりむこ》に迎えやした」

「すると、三人目の養子は持参金を背負ってねえのか」

「持参金などあるはずがねえ。貧乏御家人の次男坊ですからね」

「すると、坊城の娘は花村新九郎にぞっこんというわけだな」

「この新九郎が水もしたたるようないい男でやしてね。ずいぶんと女を泣かせたようですぜ」

「まあ、三人目の養子となると、武士になりたがっている金持ち商人の伜《せがれ》も尻込みするだろうよ」

御家人は、多少の例外を除いて、将軍に拝謁する資格のない二百石未満の直参《じきさん》下級武士である。

二百石以上が旗本であり、将軍お目見《めみえ》（拝謁）の資格を有する。

御家人の身分には御譜代《ごふだい》席と御抱《おんかかえ》席があり、前者は世襲で家督相続が許され、後者は一代限りで家督相続は許されず、親が死んだときは近親者が新規召し抱えの形でその跡を継ぐことになる。

したがって被相続人が生きている間に御家人株を譲り渡すことができるのは、御譜代席に限られる。

御譜代席には三河以来の由緒ある家柄が多い。それが金のためにその分限を売り渡すまでに窮迫、堕落してしまったのである。

徳川の家臣団は戦時体制のまま天下泰平の時代に存続されたので、人間が余ってしまった。すべての家臣に仕事をあたえることができない。

余った武士は「小普請入《こぶしんいり》」と称して非役になる。いまでいうレイオフである。

小普請には職禄（勤務手当）はつかず家禄（基本給）のみとなるので、生活は窮迫する。年々物価は上がるのに、家禄は据え置かれたままである。

当時、旗本、御家人合わせて約二万二千五百人のうち、その半数が小普請入して遊んでいた。

旗本は先祖の武具や馬具など売るものを持っていたが、御家人は売り食いしたくとも売るものがない。

そこで生きていくために、なり振りかまわず内職を始めた。

麻布の御家人が庭で草花を栽培すれば、代々木、千駄ヶ谷では愛玩用の虫を飼い、下谷は金魚、小鳥のペット類、巣鴨、大久保は植木などが、御家人の副業として市場に割り込んで来た。

土地を利用する者から、屋内の手内職も盛んになり、青山の傘、提灯張り、巣鴨の羽根、四谷、番町の竹細工などが盛んになってきた。

だが、そんな内職では江戸のインフレに追いつかない。ついに持参金目当ての養子入婿を取るようになった。

これが株仲間の権利に似ているので、御家人株と呼ばれた。

御家人株の相場はだいたい百石につき五十両、急養子は倍となり、百石につき七、八十両から百両。

また足軽株は三十両、同心株は二百両、徒士《かち》株は五百両、家禄千石につき千両がだいたいの相場であった。

借金で首がまわらなくなった御家人は、当主が隠居して金持ちの子弟を持参金目当てに養子に取る。

もちろんこのようなことが公《おおやけ》に許されるはずがない。

だが、平和な時代に出る幕を失った武士階級が生きていくためには、内職や副業や御家人株を売る以外に方法がなかった。

戦乱もないのに武士の数は増えるばかりで、これら遊休武士の株の売買は黙認されていた。

下手に表沙汰にすれば、組頭や上司《じょうし》も連座制で罰せられる。

少々の不始末があっても、たがいに庇《かば》い合って内済になしてしまうのが当時の風潮であった。

武士の株も下落したものであるが、経済力をつけた商人たちは武士階級に憧れて、金で武士の身分を買い取ろうとする者が後を絶たない。

こうした御家人株売買が流行するようになると、その斡旋を職業や副業とする者が出てくる。

御家人株の売買は、養子縁組成立のときに半金、家督相続がすんだ時点で残金を払い込むのが習わしとなっていた。

そして、斡旋者は持参金の二割ないし三割を斡旋料としてもらう。

斡旋料が高いのは、事が公となった場合、斡旋者も同罪であるからである。

御家人株の売買の斡旋業者は、おおむね御家人仲間の顔の広い者や、武家や商家に出入りする医者や祈禱師《きとうし》が多かった。

だが、富裕な商家の子弟がこれら悪御家人の餌食となっても、武士の家の問題である。

奉行所は手出しできない。

また弦一郎は金の力で武士の分限《ぶんげん》を買い取ろうとする町人に、まったく同情をおぼえなかった。

二

室町二丁目の塗物問屋、備前屋忠兵衛は病んでいた。原因不明のまま次第に痩せ衰え、体力が失われていく。

金に飽かせて名医の聞こえ高い医者にも診てもらい、高価な薬も飲んだが、一向に効き目がない。

郷里の備前（岡山県）から裸一貫で江戸へ出て来て、一代にして江戸有数の大店を築き上げた頑健な身体が痩せ衰え、皮膚がかさかさに乾いて、黒いシミが浮き上がってきた。

世間は、忠兵衛が数年前に迎えた若い後妻お梅と閨房で励みすぎたせいだと噂した。

お梅は今年三十歳、小股の切れ上がった濃艶な女で、いま女盛りである。

数年前に糟糠《そうこう》の妻を失った忠兵衛は、娘のようなお梅を後添《のちぞ》えにもらって、年甲斐もなくハッスルしすぎたというのが大方《おおかた》の見方である。

お梅を娶《めと》ってから次第に体力が失われ、いまは奥で寝たきりになっている。

そんなところへ、お梅が智覚《ちかく》という祈禱師を連れて来た。

お梅のふれ込みによれば、智覚は法力の霊験《れいげん》あらたかで、これまで彼の祈禱を受けた者は、どんな大病、難病、業病でも悉《ことごと》く治ってしまったということである。

医者から見放された者が最後に智覚にすがりつき、命を救われたとかで、智覚の信者と支持者は増える一方だった。最近は幕府の高官や大名、旗本の家屋敷にも出入りしているそうである。

智覚はいかにも荒行に堪《た》えたような松の根のような手足と、樽のような胸を持ち、風霜にさらされたなめし革のような面皮の、精悍で脂ぎった僧である。

彼はお梅に導かれるままに、忠兵衛の病床のかたわらへ歩み寄ると、忠兵衛の容体《ようだい》を診て、

「拙僧が来たからにはご安心召されよ。拙僧、十九歳のころより道心を起こし、那智に千日籠り、数千丈を漲《みなぎ》り落つる滝に三十七日打たれて、大願ついに遂げたる後、大峰《おおみね》、葛城《かつらぎ》、高野《こうや》、粉河《こかわ》、金峰山《きんぶせん》、白山、立山《たてやま》、富士、伊豆、箱根、信濃《しなの》戸隠《とがくし》、出羽羽黒、その他日本の霊場隈なく行ないまわり、我が修行をば大聖《たいせい》不動明王までも知ろしめされたるに、我が修法《ずほう》を行なえば、たちどころに御身の病気、災難は止息させられましょう。

されば医薬をたのめば仏心の御願が失《う》せまするので、拙僧の祈禱の間は医者を遠ざけ、薬石を禁じて、拙僧の差し上げる護符《ごふ》を病間に貼り、神水のみを用いますように」

と重々しく言い渡した。

とにかく患者に手を触れるだけで病気が治ると噂されるほどの霊験あらたかな祈禱師の言うことである。

医者から見放された忠兵衛は、智覚の言葉を忠実に守った。

智覚は、

「これより七日間、息災《そくさい》の修法を行ないます。七日目の満願の日には枕も除《と》れて、別人のように元気な身体に戻るでしょう」

と言って、病間に護摩壇《ごまだん》を設《しつら》え、護摩を焚き、祈禱を始めた。

護摩の煙の濛々と立ち籠める中、揺らめく燭台の灯を浴びて、印契《いんけい》（手指を組み合わせて仏を象徴する）を切り、真言陀羅尼《しんごんだらに》を唱える智覚の姿は、そのまま不動明王のように見えた。

祈禱を始めて三日目、智覚は、

「病気回復の徴《しるし》が明らかに顕《あら》われております。満願の日には必ず枕が除れましょう」

と自信たっぷりに言った。

忠兵衛は大いに喜び、大枚《たいまい》の祈禱料を支払った上に、祈禱のつど初穂《はつほ》（神仏への奉加金）や散物《さんぶつ》（供物）を献上した。

だが、智覚の自信たっぷりの様子に反して、忠兵衛の病状は悪くなっていく一方である。

祈禱が進むほどに病衰が進み、枕が除れるどころかますます容体が重くなってくる。それと反比例して、智覚の面皮は脂ぎり、風貌が精悍になってきた。お梅と共に智覚の身辺の世話をしていた忠兵衛の娘ちぬに向ける目も、好色に塗られているような気がした。

智覚はお梅の目が離れているときを狙って、ちぬの手を取り、

「そなたには悪気が取り憑《つ》いておる。わしが取り除いてあげよう」

と言った。

ちぬはそのとき、本能的な嫌悪感をおぼえて、智覚に取られた手を振り払い、

「導師さま、けっこうでございます。私の悪気よりも、いまはおとっつぁんの病気を治してくださいまし」

と言って、逃げるように智覚のそばを離れた。

その後、ちぬは智覚に握られた手を何度も洗ったが、彼の手脂がじっとりと沁《し》みつい

て落ちないような気がした。

そのとき以来、ちぬは智覚を疑いの目で見るようになった。

そのような目で見ると、智覚とお梅の間が必要以上に親しい。夫の忠兵衛が身動きできないのをよいことに、人目も憚らずべたべたしているように見える。

智覚はなにかといえばお梅の身体に触り、お梅も智覚にしなだれかかる。

忠兵衛が病床に就いてより、お梅は熟れた身体をもてあましている。

そこへ千日の荒行に堪えたという筋骨逞《たくま》しい、精力の塊のような智覚が現れた。

お梅の智覚のたくましい身体に向ける目は、ほとんど発情しているようであり、智覚のお梅の身体を這《は》う目の色は、衣服の上から彼女を犯していた。

二人はすでに目で交わっていたのである。

それをちぬは女の本能で察知した。

父の病床のかたわらで彼らは戯《ざ》れ合っている。もしかすると智覚は父の平癒《へいゆ》のための修法を行なっているのではなく、父を呪い殺そうとしているのではないだろうか。

だが、ちぬがそれに気づいたときは遅かった。

満願の七日目に、忠兵衛は息絶えた。

忠兵衛が死んでも、智覚は少しも騒がず、

「これは死んだのではない。拙僧が再生の読経をつづけるならば、必ず生き返るはずです。生き返らずとも、肉体に死して魂に生きる。お父上はこの世から極楽浄土に住み替わっただけです。たとえお父上が生き返らずとも、決して神仏を怨むことなく、むしろ極楽浄土に移り住まわれたことを神仏に感謝しなければなりません」

ともったいぶって言った。

智覚は死んだ忠兵衛の枕元でなおも読経をつづけたが、忠兵衛はついに生き返らなかった。

三

「室町二丁目の備前屋が死にやした」

半兵衛が報告して来た。

「室町の備前屋というと、息子が坊城虎之助の家に養子に行った備前屋かい」

弦一郎は問うた。

「そうでさあ。備前屋も弱り目にたたり目でさあね。息子が養家で死に、今度は親父が死んじまっては、さしもの大店もこれから先がおもいやられまさあ」

「跡取りはいねえのかい」

「娘が一人おりやして、忠兵衛は婿を取って備前屋を継がせる心づもりだったようです。息子は武士に、娘に店を継がせて、名前と実の両方を取ろうとしたんでしょうが、娘の婿も決まらねえうちに死んじまったんじゃあ、備前屋も後妻に乗っ取られるかもしれねえというもっぱらの噂でさあ」

「若い後妻に年甲斐もなく踏ん張りすぎたツケがまわされてきたんだよ」

弦一郎はあまり興味がなさそうである。

「それについて、ちょいと変な噂を耳にしたんですがね」

半兵衛が弦一郎の気を引くように言った。

「変な噂だと」

「備前屋が死ぬ七日ほど前、お梅が智覚という祈禱師を引っ張って来やしてね、医者や薬を遠ざけて、病気平癒の祈禱をさせたのですが、その智覚とお梅ができているという噂なんでさあ」

「ありそうなことだな」

弦一郎は依然として気のなさそうな口調である。

「それが旦那、智覚の野郎、御家人株の斡旋もやっていやしてね、備前屋の息子と坊城虎之助の養子縁組の口利きをしたのも智覚だそうで……」

「なんだと」

弦一郎が半兵衛の方へ顔を向けた。

「ようやくおいでなさいましたね。それだけじゃねえんで」

「それだけじゃねえというと、まだなにがあるんだ」

「備前屋の後妻に入ったお梅は、以前、浅草寺境内の水茶屋女で、花村新九郎といい仲だったそうですぜ」

「それはまことか」

弦一郎は半兵衛の方へはっきりと姿勢を向けた。

「お梅の水茶屋時代の朋輩から聞いたことだから、まちげえありやせん」

「すると、いまでも新九郎とお梅はつるんでいるかもしれねえな」

「男と女は朝顔の蔓《つる》、離れてまたその先でつるんでいるかもしれやせん」

「新九郎とお梅がつるんでいれば、備前屋の息子を殺して持参金をただ取りしただけでは飽き足りず、お梅をそそのかして智覚に忠兵衛を呪い殺させ、備前屋の乗っ取りを謀《はか》ったかもしれねえ。あこぎなやつらだ」

「でしょう。備前屋に残っているのはちぬという娘だけです。これでちぬを始末してしまえば、備前屋はお梅のおもいのままになりまさあ」

「備前屋の財産を乗っ取って、新九郎と智覚とお梅の三人で分けようってえ魂胆かな」

「旦那、お出ましになりやすか」

半兵衛が弦一郎の顔色を測った。

「乗り出したところで、どうにもなるめえ。備前屋は薬石も加持祈禱も効なく病いで死んだ。息子は養家で病死した。それだけのことだ」

弦一郎は吐き捨てるように言った。

みすみす町家が悪御家人と祈禱師と悪女の一味の餌食になりつつあるのを目の前に見ながら、証拠がない。

もっとも食う方も食う方なら、食われる方も食われる方だという意識が弦一郎にある。

だが、それから数日後、窮鳥が弦一郎の懐へ逃げて来た。

奉行所から八丁堀の組屋敷へ帰って来た弦一郎を、二人の美しい訪問客が待っていた。

「おまえさんは鳩寿堂のおきぬさんじゃねえかい」

弦一郎は訪問者の一人の顔を見て、声をかけた。

鳩寿堂のおきぬは、江戸で若い女専門のかどわかし（第一巻「誘死香」）が起きたときの被害者の一人で、弦一郎と知り合った。

おきゃんな下町娘で、弦一郎に協力し、事件を解決に導いてくれた。

おきぬは同年輩の美しい娘を連れていた。

おきゃんで明るいおきぬに比べて、これはまたぼんぼりのようにほんのりとした優しげな娘である。

「旦那、お留守中、突然お邪魔してすみません。この人は私の稽古仲間の室町の備前屋のおちぬさんです」

おきぬは連れの娘を弦一郎に引き合わせた。

「あんたが備前屋の娘さんかい」

弦一郎は、おちぬについては、半兵衛からあらかじめ予備知識を受けている。

「あら旦那、おちぬさんをご存じだったのですか」

おきぬが意外そうな表情をした。

「先日、おとっつぁんが死んだんだってな」

弦一郎はおちぬの方へ視線を向けた。

もともと気弱そうなおちぬは、父親と兄を相前後して失って、吹く風にも耐えられぬように心細げにしている。

「そのことで今日うかがったのです。このままではおちぬさん、継母と祈禱師に殺されてしまいます」

おきぬが訴えた。

それは半兵衛から備前屋の内情の報告を受けたときから、弦一郎が危惧していたことでもある。

だが、奉行所としては犯罪の証拠もなく、具体的な犯罪が発生する前に、見込みだけでは動けない。

「それで義理のおっかさんと祈禱師が、おちぬさんに対してなにかをしかけたというのかい」

「いいえ、まだべつになにをしかけたというのでもないのですけれど、おちぬさん、身の危険をおぼえて、私の家へ逃げて来たのです」

「旦那、どうぞお助けくださいまし。おとっつぁんを殺したのも、あの女と祈禱師の仕業にちがいありません。祈禱師のつくった毒をあの女がおとっつぁんに飲ませたのです」

おきぬにつづいて、おちぬが訴えた。

「毒を飲ませたという証拠があるのかい」

「薬を飲ませると加持祈禱の霊験がなくなってしまうと言って、祈禱師の持って来た神水を飲ませたんです。そうしたら七日目の満願の日におとっつぁんは死にました」

「その神水とやらはまだ残っているか」

「いいえ、神水は非常に高価なもので、満願までの七日分しかもらわなかったそうです」

「すると、たしかに毒を飲ませたという証拠はなにもねえわけだ」

「おとっつぁんの死骸はどう見ても普通ではありませんでした。黒いシミが全身に浮き上がって、死ぬ前から生きた骸骨のように痩せ細って……」

「死骸《しげえ》はどうしたね」

「菩提寺の宝仙寺に埋めました」

「それじゃあ寺社奉行の支配地だ。町方は手出しできねえな」

「旦那、おちぬちゃんのおとっつぁんが殺されて、おちぬちゃんが殺されかけているというのに、奉行所はなにもしてくれないんですか」

おきぬがややきっとなった口調で言った。

「せめて、備前屋に毒を盛ったという証拠が欲しい。神水の一滴《ひとしずく》でも残っていればな」

「もしかすると、神水があるかもしれません」

「なに、神水があるだと」

弦一郎はいつの間にか身を乗り出している。

「いまおもいだしたのですけれど、おとっつぁんが亡くなった前の日に、お梅が手を滑らせて神水を入れた急須《きゅうす》の口を欠いてしまいました。慌てて新しい急須に入れ替えておとっつぁんに飲ませましたが、口の欠けた古い急須は、私が片づけました。もしかすると、その急須の中に神水が少し残っているかもしれません」

「おちぬさん、その急須はどこへ置いた？」

「あとで棄てるつもりで、お台所の棚の隅に置いたとおもいます」

「そいつが欲しいな」

急須の中に残された神水が毒物だと証明できれば、祈禱師の智覚を引っくくれる。智覚を責め上げれば、あとは芋づるである。

だが急須を手に入れるためには、おちぬにもう一度備前屋に戻ってもらわなければならない。

「おちぬちゃんが備前屋へ戻ったら、それこそ飛んで火に入る夏の虫です」

おきぬが言った。

「まだおとっつぁんが死んだばかりだ。いくらお梅や祈禱師があこぎでも、いまおちぬさんに手を出せば、おとっつぁんの死因まで疑われてしまう。そんなヘマはしねえよ。

やつらは当分、おちぬさんには手を出さねえ。おとっつぁんの仇《あだ》を討ちたかったら、おとっつぁんに飲ませた毒を探し出すんだ」

「私、家に戻ります。そして必ず急須を探して来ます」

おちぬは眉《び》宇《う》に決意を示して言った。

四

四月八日、老中板倉重清の行列が下城して来た。この日臨時の朝会が営中であり、それに列席しての退出途上である。

板倉は三月三十日、若年寄から老中に補職されたばかりである。

突然、供の行列が乱れ、怒号が沸いた。一人の武家の妻女風の女が、裾を乱して駕籠脇へ駆け寄って来たのである。

「お願いの儀にございます。お願いにございます」

女は連呼しながら、竹の先に挟んだ訴状を手にして、駕籠脇へ走り寄った。

供侍が、

「控えよ。ご老中のお駕籠先を乱すとは上《かみ》を畏《おそ》れざる慮外者、控えおろう」

と叱咤して、女を阻止しようとした。

駕籠訴は管轄の役所を跳躍して、権力者に直訴する違法な訴えである。これを受理すると政務の機構が崩れるので、正式には受理しなかったが、女が脛《はぎ》を露《あら》わにして訴えると、女が慎《つつし》みを忘れて訴えるほどの重大な事件ということで取り上げることがある。別名「脛訴え」と呼ばれている。

訴人はそれを意識してか、脛どころか白い内股の辺りまで見えるほどに、盛大に裾を乱して走り寄った。

行列は停止せず歩きつづけ、女は供侍によって抱き留められた。

駕籠の内から一言、重清の、

「訴状、預かりおくように」

という声がかかった。

行列はそのまま歩み去った。供侍は訴人を形式的に捕縛して、訴状を確かめた。

訴人は六番町に居住する小普請組百五十石、坊城新九郎の妻たもと名乗った。

たもは小普請組支配河原崎主馬《かわらざきしゅめ》に引き渡された。

たもの訴えによると、坊城家の養子として花村新九郎を入婿して家督を相続させたところ、暴虐の振る舞い多く、ついに坊城家の前主虎之助を毒害し、虎之助の妻とたもを監禁してしまったので、新九郎の目が離れた隙《すき》に座敷牢から抜け出して、老中へ駕籠訴に及んだというものである。

さらに調査を進めると、新九郎の前に二人の養子を取っていたが、いずれも原因不明の死に方をしている。

河原崎は事件の根が深いのを悟った。とうてい小普請組支配の手に負える事件ではなさそうである。

これが初めから小普請組支配へ訴え出てくれば、支配たちが寄り集まって相談の上、内々に済ませてしまえたのであるが、老中へ直訴されたのでは、もはや揉み消せない。

河原崎はたもから一応調書を取って、その日は河原崎の役宅に留置し、翌日、評定所へ事件を送致した。

評定所では、前の養子二人が曖昧《あいまい》な死に方をしていることを重視し、これを板倉重清に報告した。

報告を受けた重清は、事件が町方に関わっていると判断した。

本来、旗本、御家人が罪を犯した場合は、目付が探索して評定所の審判にかけられる。

だが、事件が町方にわたっている場合は、町奉行所の手を借りなければならない。

「南町奉行所に祖式《そしき》弦一郎なる同心がおる。この者に探索を命じよ」

重清は命じた。

老中が特定の同心を名指しして捜査を命ずるのは、異例なことである。

だが、鶴の一声である。

ここに弦一郎は、晴れて事件の捜査権を得た。

たもの身柄を伝馬町牢屋敷の揚屋《あがりや》から奉行所へ移した弦一郎は、たもを取調べて、事件の概略を引き出した。

前の二人の養子が相次いで急死したために、花村新九郎を新たな養子に取って家督相続させたところ、新九郎が外に女をつくって坊城家の乗っ取りを謀り、前主虎之助を殺害、たも母子を邪魔にして、座敷牢に監禁したというものである。それはおおかた弦一郎が予想したとおりである。

弦一郎は前の二人の養子の死因をたもに厳しく追及したところ、御家人株の二重売りを謀って、石見《いわみ》銀山を用いて二人の養子を殺害した事実を自供した。

ところが因果応報で、三番目の養子新九郎に同じ手を逆用されて、前主虎之助を殺され、いま自分たちの生命が危ないので、駕籠訴に及んだということである。

女の浅はかさから新九郎の追い出しだけを謀り、自分たちの悪事は隠しおおせるともったようである。

「新九郎が前主の虎之助を殺したという証拠でもあるのか」

弦一郎はさらに追及した。

「新九郎が父上を殺したに決まっています。父上の死に方は、私たちが毒を盛って殺した忠次郎と勘助の死にざまと同じでした」

「それじゃあ証拠にならねえよ。忠次郎と勘助の死骸は葬られて骨になっている。親父さんがどんな死にざまをしたところで、新九郎が毒を盛った証拠にはならねえ」

「でも、新九郎以外に父上を殺す人間はいません。このままでは母上が殺されてしまいます。なにとぞ新九郎をお取調べくださいまし」

たもは必死に訴えた。

「おまえさん、自分のしたことの意味が本当にわかっているのかい」

弦一郎は皮肉っぽい笑みを口辺に浮かべて問うた。

「私のしたこととおっしゃいますと……」

「おめえさん、ご老中に駕籠訴をして、親父さんの仇を討つつもりだったかもしれねえが、新九郎をしょっ引いたとしても、坊城の家の取り潰《つぶ》しは免れねえぜ。御家人株の売買はご法度であるにもかかわらず、それを二重売り、三重売りした上、養子を殺したとあっちゃあ救いがねえ。おめえさんも死罪だね」

「私が死罪」

たもの顔から血の気が失せた。

「めぐる因果が身に報い、因果の百年目たあこのことだね」

たもは蒼白になって、全身小刻みに震え出した。

新九郎に惚れて、欲しいおもちゃを欲しがるように養子に取ったものの、その化けの皮が露われて、可愛さ余って憎さが百倍の余り罵籠訴に及んでしまったが、その結果が自分の首を絞めることになったと気がついたのである。

## 五

ちぬは備前屋の台所から急須を持ち出して来た。

急須の中には神水が少し残されていた。

「おちぬさん、でかしたぜ。こいつがあれば、お梅と智覚の首根っこを押さえられる」

弦一郎は言った。

彼はその足で藤崎道庵《ふじさきどうあん》の家へ行った。露骨にいやな顔をする道庵に、

「道庵先生、すまねえが、この急須の中身を鑑定してもらいてえ。毒が入っているとお

もうが、どんな毒か見分けてもらいてえんだ」

と弦一郎は頼んだ。

「毒物の鑑定には少し時間がかかるが」

道庵はしぶしぶと言った。

「先生、ゆっくりと時間をかけてくんな。時間をかけても効き目のなくなるような毒ではなさそうだ」

弦一郎はにやりと笑った。

二日後、藤崎道庵から連絡が来た。毒の正体がわかったというのである。

弦一郎が道庵の診療所へ行くと、道庵が、

「毒の正体がわかったよ。あれは砒素《ひそ》という毒物だ」

「砒素……」

「砒石の中に含まれている毒物じゃ。つまり、石見銀山鼠捕りの成分だよ。こいつを飲むと、肝腎や心の臓などがやられて、毒が頭へ上り、意識がなくなったり気がおかしくなったりする。少しずつ飲むと、全身に黒いシミが生じて、手足の皮膚が亀の甲羅《こうら》のように固くなる。そのうちに次第に痩せ細って死んでしまう。石見銀山の一種だがね、急須の底に毒の砂が少し残っておった」

「毒の砂？」

「砒素は砒素でも、珍しい砒素だな。これを手に入れられる者は、花火師か祈禱師くらいだろう」

「祈禱師？　祈禱師がなんでそんな毒砂を持っているんで」

「蝦夷《えぞ》の山の奥でしか産出しない石の砂だが、花火の色を染めたり、祈禱師が護摩の煙を染めたりするのに使う。護摩を焚くとき、祈禱師の座る方角によって焚く木が異なる。北に向かって甘木、東に向かって果木、西に向かって花木、南に向かって古木を焚く。その際、煙の色を変えるためにこの毒砂を使うんじゃ」

「この毒砂を飲まされて死んだ死骸《しがい》から、毒物を突き止めることができるかい」

「砒毒ということはわかるが、砒毒の種類までは突き止められないね」

すると、死骸から砒毒を検出したとしても、毒砂を飲んで死んだと断定することはできない。

だが、智覚が神水と称するものの中に毒砂が含まれていたことが確かめられた。

「死骸を腑分けすれば、石見銀山を飲ませたことがわかるかい」

「石見銀山の毒の成分は割合見つけ出しやすい。小便を調べればすぐにわかる。もっとも死骸は小便をしないから、髪の毛や爪があれば鑑定できるね」

「髪の毛か爪か」

弦一郎は宙を睨んだ。

坊城虎之助の死骸は死んで間もない上に、老中からの委嘱があるので、死骸を検《あらた》めることができるだろう。

だが、虎之助の死因が確定できても、新九郎の罪を証明できるだけである。

坊城一家による二人の養子殺し、および備前屋忠兵衛殺しは、同じ毒物を用いての毒殺であることを立証できない。

弦一郎の本命の狙いは、忠兵衛殺しの解明にある。

石見銀山鼠捕りの入った急須が備前屋の台所にあったところで、咎《とが》め立てられない。

そんなものはどこの家庭でもありふれているからである。

備前屋の台所に石見銀山があったというだけでは、忠兵衛の死骸を検めるための寺社奉行の許諾は得られない。忠兵衛の死骸を検めないことには、同じ毒物による死因を証《あか》し立てられない。

新九郎と備前屋の内儀お梅、および祈禱師の智覚は共謀《グル》である。

この一味を一網打尽にしない限り、悪の根を取り除くことはできない。

ともあれ坊城虎之助の死骸については、寺社奉行の同意が得られて、死骸検めができた。

たもが石見銀山を用いて養子二人を殺害した事実、および前主の虎之助が養子たちと同じ死にざまをしたという自供が、寺社奉行に対して説得力があったのである。

虎之助の死骸は著しく痩せ細り、皮膚は青白く皺《しわ》だらけで、目の玉は落ち窪《くぼ》み、唇が白く乾燥していた。

弦一郎の委嘱を受けて、虎之助の死骸を検めた藤崎道庵は、死因はまぎれもなく砒毒による中毒と鑑定した。

ここに新九郎が引き立てられた。

新九郎はせせら笑った。町方の不浄役人が直参を捕らえてなにを言うか、筋ちがいだという姿勢である。

「石見銀山など、どこの家にも置いてある。たまたま義父が石見銀山中毒に似た症状で死んだからといって、なぜおれが毒を盛ったと言い切れるんだね」

と新九郎は居直った。

「あんたが坊城家を乗っ取るためには、虎之助の存在が邪魔だったのだ。まず虎之助を片づけ、それから女たちをゆっくりと料理しようという寸法じゃなかったのかい」

弦一郎は追及した。

「ふん、馬鹿馬鹿しい。貧乏御家人の家を乗っ取ったところで、なにもおいしいことはねえやな。無理して殺さずとも、養子とはいえおれが当主だ」

新九郎は鼻先で嘲笑《あざわら》った。

「あんたは備前屋の内儀お梅といい仲だったというじゃねえか。備前屋忠兵衛も坊城虎之助と同じような死にざまをしている。お梅が智覚という怪しげな祈禱師を引っ張り込んで、祈り殺したというもっぱらの噂だが、智覚が忠兵衛に飲ませた神水に砒毒が入っていたんだ。おめえも智覚からお梅を介して神水をもらったんじゃねえのかい」

「そんな証拠がどこにあるんだ。なにも智覚から砒毒を分けてもらわなくとも、石見銀山なんざあその辺の薬屋で買えるよ。それにお梅が祈禱師とつるんで、備前屋に砒毒の入った神水を飲ましたと言ったが、お梅と祈禱師が白状したというのかね」

新九郎は切り返してきた。

「石見銀山はたしかにその辺の薬屋で買えるが、毒物なので、買うときに必ず名前と所書きを書くことになっている。あんた、どこの薬屋で石見銀山を買ったんだね」

「そ、それは、薬屋で買ったのではなくて、ある知り合いからもらったのだ」

自信たっぷりだった新九郎の態度が、ややうろたえた。

「その知り合いとは、どこのだれでえ」

「不浄役人にそんなことを言う筋合いはない」

「ほう、その知り合いの名を明らかにすると、なにか都合の悪いことでもあるのかい」

「べつに都合の悪いことなんかあるはずもねえ。痩せても枯れても直参が、不浄役人にそんなことを答える筋合いはねえと言ってるんだ」

新九郎は開き直った。

彼の状況は大いに怪しかったが、こうなると、弦一郎には止《とど》めを刺す武器がない。

新九郎は当座、町奉行所にシャモ入り（未決囚を仮揚屋に留置すること）させて、吟味をつづけることになった。

シャモ入りした新九郎は、連日厳しい取調べを受けたが、犯行を頑として否認しつづけた。

彼は弦一郎が止《とど》めの武器を持っていないことを察知して、日増しにふてぶてしくなった。

「町方の不浄役人が筋ちがいのお調べをして、まちがえましたじゃすまねえぜ。この決《か》着《た》はきっちりとつけてもらうぜ」

居直った新九郎が数日後、仮揚屋で額に脂汗を浮かべ、蒼白になって震え出した。

奉行所付の小者が、どうしたのかと尋ねると、

「揚屋のどこかに蛇が潜んでいる。おれは蛇が大嫌《でえきれ》えなんだ。蛇の気配だけで生きた心地がしねえ。蛇を探し出して、追っ払ってくれ」

あのしたたかな新九郎が別人のように血の気を失い、震えながら小者に哀願した。

小者が調べたところ、仮揚屋の床下に一匹のアオダイショウがとぐろを巻いていた。

「あの野郎、意外な弱味を抱えてやがるな」

小者からその話を聞いた弦一郎は苦笑した。

## 六

本郷切通片町に住む新井源右衛門夫婦は、十年来蛇を飼っていた。

源右衛門は数年前、湯島五丁目の鼈甲櫛《べっこうぐし》、笄《こうがい》所新井屋の主人であったが、店を息子に譲って、夫婦で楽隠居している。

最初は小さな蛇だったのが、次第に大きくなって、いまは見る目にも凄い大蛇のようになった。

訪問客は恐れをなしたが、源右衛門夫婦は蛇を長助《ちょうすけ》と名づけて我が子のように可愛がり、餌を自分の手からあたえた。

蛇も源右衛門夫婦にはよく懐《なつ》き、夜などは寝床の中へ潜り込んできた。奉公人も薄気味悪がって居つかない。

源右衛門の隣家には、智覚という祈禱師が住んでいる。

この智覚の祈禱が霊験あらたかという噂が立ってから、多数の信者が江戸市中はもちろん、近郷近在から連日蝟集《いしゅう》して来て、急に騒がしくなった。

そのせいか、このごろ長助が落ちつかなくなった。

いつもは夫婦の居間におとなしくとぐろを巻いていたのが、時どき姿が見えなくなる。心配してあちこち探すと、床下や庭の片隅にとぐろを巻いてうずくまっている。隣家の騒然たる気配に怯《おび》えて、落ちつかないのである。

智覚の家の庭には、自然の池があって、ガマガエルが棲《す》み着いている。

これが春になると、産卵のために集まって来る。

この池のガマガエルは狐や狸を飲み込むだけではなく、人間の生気を吸い取ってしまうという噂があって恐れられていた。

「そろそろ隣りのガマが出るころだから、長助を外へ出さないように気をつけておくれ」

源右衛門は妻に注意した。

時どき隣家のガマガエルが源右衛門の庭に入り込んで来る。蛙は長助の好物であるが、なにせ狐や狸を飲み込んでしまうと恐れられている隣家のガマガエルである。

下手をすると長助が逆に飲み込まれてしまうかもしれない。

四月の下旬、長助の姿が見えなくなった。心配した源右衛門夫婦は、家の中から庭の隅々まで探しまわった。

そして隣家との境界に近い庭の隅に、長助の死骸を見つけた。

長助は隣家のガマガエルを飲み込んだまま死んでいた。

飲み込んで間もないらしく、喉の下辺りがまだ脹《ふく》らんでいる。

源右衛門夫婦は大いに嘆き悲しんだ。

ガマガエルが蛇を殺したという噂が、パッと江戸市中に広まった。

この噂が弦一郎の耳に入った。

「智覚の庭池に棲んでいるガマを飲み込んだ蛇が死んだとあっちゃあ、見過ごしにはできねえな」

弦一郎はさっそく新井源右衛門のところへ出かけて行って、蛇の死骸を見せてもらった。

「この蛇はガマが喉に詰まって死んだんじゃねえな。蛇の死骸を貸しちゃあくれめえか」

弦一郎は源右衛門に言った。

「長助がお上の御用に立つようでしたら、どうぞお持ちください」

源右衛門は言った。

弦一郎はガマガエルを飲み込んだ長助の死骸を、藤崎道庵の許へ持ち込んだ。

「すまねえが、この蛇がなんで死んだか鑑定してもらいてえ。たぶん砒毒にやられたんじゃあねえかとおもうんだが」

弦一郎の依頼を道庵はしぶしぶと引き受けた。

二日後、道庵から連絡があって、

「あんたの見立てたとおり、あの蛇は砒毒を飲んで死んでいた。それも直接飲んだわけじゃねえ」

「ガマが飲んでいたのかい」

「なんだ、知っていたのか。それならそうと最初から言ってくれればいいのに」

「おれの当て推量にすぎねえよ。道庵先生にちゃんと確かめてもらいたかったのさ」

「砒毒は砒毒でも、先に鑑定した急須の中の毒砂と同じ砒毒だったよ」

「中毒死した死骸《しげえ》から、砒毒の種類を割り出すことはできねえと言ったんじゃなかったのかい」

「蛇の飲み込んだガマがね、砒石を飲んでいたんだよ。その砒石が溶《と》け切らずにガマの中に残っていた」

「有り難《がて》え、そいつが知りたかったんだ」

「蛇はたしかにガマを飲み込んでいたが、ただのガマではなかった」

「ただのガマではないというと、どんなガマだったんだ」

「ガマは腹の中にさらに鼠を飲み込んでいた。しかし、鼠はガマに飲まれて死んだわけではない」

「それでは鼠はどうして死んだんだい」

「念のために鼠も調べたところ、鼠の腹の中に砒石があったよ」

「鼠の腹に砒石が？」

「それもただの砒石じゃない。急須の中の毒砂と同じ成分の砒石さ」

「鼠がなんだって砒石を飲み込んだんだ」

「それは鼠に聞いてみなければわからねえが、鼠の歯は死ぬまで伸びつづけるからね。伸びる歯を削るために、手当たり次第に齧《かじ》る。そんな毒鼠とも知らずに、ガマが飲み込んだんだろう」

弦一郎は道庵に礼を言うと、長助の死骸を持って奉行所へ帰って来た。

彼は直ちに仮揚屋から新九郎を呼び出すと、長助の死骸を突きつけた。

新九郎は震え上がった。

「この蛇は智覚の隣家の飼い蛇だ。そいつが砒石を飲んだ（鼠を飲んだ）ガマを飲み込んで死んでいたよ。智覚の庭の池にはガマが棲み着いている。ガマが飲み込んだ砒石は珍しい砒石で、祈禱師や花火師しか持っていねえものだ。ガマが智覚の持っていた砒石を飲み込んだにちげえねえ。そいつを隣りの家の蛇が飲み込んだってえ寸法だよ。

てめえが義父の虎之助に盛った毒も、智覚からもらったものにちげえあるめえ。てめえとお梅ができていたことはわかっているんだ。お梅と智覚もできている。てめえら三人つるんで、同じ毒を盛って、てめえは義父を、お梅は亭主を殺したんだ。有体《ありてい》に白状しねえと、揚屋にこの蛇の死骸《しげえ》を入れるぞ」

弦一郎に長助の死骸を突きつけられた新九郎は、冑《かぶと》を脱いで降参した。

あとは芋づるである。

新九郎とお梅と智覚の自供を総合すると、次のようなものである。

「智覚の持っていた砒毒を盛って、坊城虎之助と備前屋忠兵衛を殺した。坊城の家と備前屋を乗っ取るためだった。だが新九郎がたもをたぶらかして坊城家に入り込んだ時点では、虎之助が養子に迎えた一人が備前屋忠兵衛の息子とは知らなかった。新九郎が虎之助の婿となった後、前の養子が忠次郎と知って、因縁に驚いた。まさか智覚が持っていた砒石を飲んだ鼠を、智覚の池のガマが飲み込み、それを隣家の飼い蛇がさらに飲み込もうとはおもってもいなかった。

ガマは春先に、口の前にあるものをなんでも吸い込もうとする。そのガマを蛇が飲み込みさえしなければ、新九郎が白状することはなかった。

新九郎が白状しなければ、ガマの腹の中から砒石が出てきたところで、その砒毒を忠兵衛に盛った直接の証拠にはならない。死骸から砒毒の種類を割り出すことはできないからだ。

蛇嫌いの新九郎に止《とど》めを刺したのは、智覚の池のガマを飲み込んだ蛇だった。その因縁が恐ろしい」

ここに坊城虎之助と備前屋忠兵衛殺しは解決した。

一味が白状した後、弦一郎は憮然としてつぶやいた。

「養子を餌食にした坊城虎之助を花村新九郎は食った。その新九郎とグルになって備前屋乗っ取りを謀ったお梅も、智覚の餌食にされていた。なんだか砒石を飲み込んだ鼠をガマが飲み、そのガマを蛇が飲んだのによく似ているな」

単行本　一九九四年十二月　文藝春秋刊
新書版　一九九八年　二月　文藝春秋刊

文春文庫

毒《どく》の鎖《くさり》　非道人別帳［二］

定価はカバーに
表示してあります

2000年8月10日　第1刷

著　者　森《もり》村《むら》誠《せい》一《いち》
発行者　白川浩司
発行所　株式会社文藝春秋
東京都千代田区紀尾井町3―23　〒102-8008
TEL 03・3265・1211

落丁、乱丁本は、お手数ですが小社営業部宛お送り下さい。送料小社負担でお取替致します。

印刷・凸版印刷　製本・加藤製本

Printed in Japan
ISBN4-16-719113-X

文春文庫　フィクション

# 文春文庫　フィクション

井上　靖　その人の名は言えない
井上　靖　魔の季節
井上　靖　白い炎
井上　靖　紅花
井上　靖　地図にない島
井上　靖　戦国城砦群
井上　靖　月光
井上　靖　若き怒濤
井上　靖　遠い海
井上　靖　流沙 上・下
井上夢人　もつれっぱなし
色川武大　離婚
色川武大　怪しい来客簿

---

色川武大　あちゃらかぱいッ
色川武大　虫けら太平記
宇江佐真理　幻の声　髪結い伊三次捕物余話
内田春菊　ファザーファッカー
内田春菊　あたしが海に還るまで
内田春菊　南くんの恋人
内田春菊　シーラカンス・ロマンス
内田春菊　愛のせいかしら
内田春菊　凜《りん》が鳴る
うつみ宮土理　紐育《ニューヨーク》マサオ
内海隆一郎　一杯の歌
海老沢泰久　スーパースター
海老沢泰久　美味礼讃

## 文春文庫 フィクション

海老沢泰久　みんなジャイアンツを愛していた
海老沢泰久　監督
海老沢泰久　ただ栄光のために 堀内恒夫物語
海老沢泰久　帰郷
海老沢泰久　二重唱〈デュエット〉
遠藤周作　男の一生 上・下
遠藤周作　女 上・下
逢坂剛　水中眼鏡《ゴーグル》の女
大石静原作 葉月陽子ノベライズ　ふたりっ子 上・下
大江健三郎　いかに木を殺すか
大江健三郎　河馬に噛まれる
大岡玲　黄昏のストーム・シーディング
大岡玲　表層生活

岡松和夫　志《し》賀《かの》島《しま》
小川洋子　妊娠カレンダー
荻野アンナ　背負い水
奥泉光　石の来歴
長部日出雄　津軽世去れ節
落合恵子　退屈なベッド
落合恵子　スパイスのミステリー
落合恵子　スパイスの誘惑
尾辻克彦　父が消えた
海音寺潮五郎　武将列伝 全六冊
海音寺潮五郎　悪人列伝 全四冊
海音寺潮五郎　日本名城伝
海音寺潮五郎　中国英傑伝 上・下